1판 1쇄 찍음 2017년 4월 25일
1판 1쇄 펴냄 2017년 5월 8일

지은이 | 정사부
펴낸이 | 정 필
펴낸곳 | 도서출판 **뿔미디어**

편집장 | 문정흠
기획 · 편집 | 선우은지 · 한관희

출판등록 | 2002년 9월 11일 (제081-1-132호)
주소 | 경기도 부천시 원미구 소향로 17번길(두성프라자) 303호 (우) 14544
전화 | 032)651-6513 / 팩스 032)651-6094
E-mail | bbulmedia@hanmail.net
비북스 | http://www.b-books.co.kr

값 8,000원

ISBN 979-11-315-7771-4 04810
ISBN 979-11-315-7112-5 04810 (세트)

※파본은 구입하신 서점에서 교환하여 드립니다.

※이 책은 (도)뿔미디어를 통해 독점 계약되었습니다.
저작권법에 의해 보호를 받는 저작물이므로 무단 전재와 무단 복제를 엄금합니다.

정사부 현대 판타지 장편 소설
헌팅 프론티어
Hunting Frontier
13
BBULMEDIA FANTASY STORY
뿔미디어

목차

Chapter 1
예정된 사고

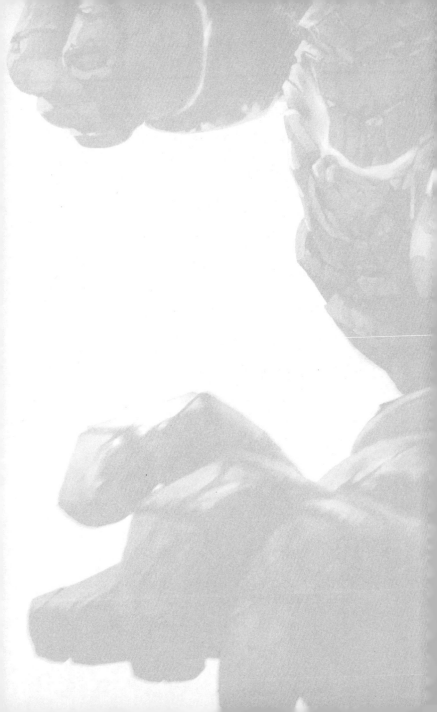

난데없이 나타난 자이언트 오거로 인해 초인 연구소 관제소에서는 난리가 났다.

"누가 자이언트 오거를 가져다 놓은 것인가?"

초인 연구소 소장인 이시히 지로가 대노하며 소리쳤다.

아무리 그가 A—58을 출신 성분을 이유로 좋아하지 않는다고 하지만, 어찌 되었든 A—58은 현재 초인 연구소에서 진행을 하는 프로젝트 중 그나마 성공한 케이스였다. 이제는 그도 순서를 무시하고 느닷없이 보다 상위 몬스터를 시험에 사용하며 프로젝트를 망칠 생각은 없었다.

그런데 중(重)형 몬스터인 오거를 투입하자는 실험 계획과 달리 자이언트 오거가 투입되고 만 것이다.

"실험 중지하고 당장 자이언트 오거를 잡아들여!"

이시히 지로가 다급하게 외쳤다.

옆에 있던 연구원은 급히 계기판에 있는 비상 버튼을 눌렀다.

위잉! 위잉!

비상등이 번쩍이며 연구소 내에 사이렌이 울렸고, 일단의 사람들이 분주하게 움직이기 시작했다.

† † †

"출동이다!"

소리친 것은 짧은 스포츠머리에 얼굴에는 이마부터 왼쪽 입술을 지나 턱까지 길게 흉터가 있는 남자였다.

그는 이곳 초인 연구소의 경비를 담당하고 있는 미야자키 곤도 2등 육좌였다.

2등 육좌는 한국으로 치면 육군 중령에 해당하는 계급이다. 하지만 그는 평범한 육상자위대 2등 육좌가 아니었다. 바로 헌터로만 구성된 특수부대의 지휘관이었다.

일본에도 한국의 몬스터 대응군처럼, 게이트 사태 이후

생존을 위해 만들어진 특수부대가 있었다. 일본 정부는 육상 자위대 중에서도 최정예 부대원들만을 차출하여 부대를 신설했다.

교토에 게이트가 생겨난 이후 일본은 모병제를 따르던 자위대 규칙을 징집제로 바꾸었다.

국가의 존망이 걸린 문제였기에, 아시아의 국가들은 일본이 병역법을 바꾸는 것에 우려를 하면서도 지켜볼 수밖에 없었다.

제2차 세계대전 당시 일본이 자행한 잔혹한 전쟁범죄를 기억하고 있는 국가들은 많았다. 하지만 몬스터에게 인류의 생존을 위협받고 있는 이상 어쩔 수 없는 일이었다. 당장 자국의 안전이 걸린 국가들도 많았기 때문이다.

다만 일본이 자위대를 군으로 변경하는 것만은 철저히 막아냈다.

혹시나 이를 빌미로 과거의 망령에 사로잡힌 일본이 또다시 아시아 대륙을 혼돈에 빠뜨리지는 않을까 하는 우려였다.

일본에서는 병역법이 바뀐 이후 무슨 생각인지 주변국에 계속해서 도발을 하고 있었다. 당장 주변국인 대한민국, 그리고 중국과도 영토 문제로 인한 분쟁은 끊이질 않았다.

심지어 몬스터 웨이브로 피해를 입은 동남아시아의 국가에 보호해 준다는 명목으로 병력을 파견하고, 무단으로 게이트를 이용하기까지 했다. 뿐만 아니라 게이트를 이용하고서도 해당 국가에 게이트 이용 대금은 한 푼도 지불하지 않았다.

일본에 대한 원성이 자자했지만, 막상 일본에서는 주변국의 반응에 그리 신경 쓰지 않았다.

게이트 사태 이후 다른 국가들보다 내부적인 혼란이 비교적 적었던 일본은 아시아의 다른 어느 나라보다 아머드 기어의 개발에 힘쓰고 있었다. 자체적으로 개발해 낸 아머드 기어 무사시도 보유하고 있다.

때문에 주변국에서는 일본에 불만을 품고서도 강경하게 대응하지 못했다.

일본은 외부적으로 도발을 하면서도 초인 연구소를 통해 아머드 기어를 능가하는 새로운 힘을 개발하기 위해 노력을 아끼지 않았다.

그야말로 천문학적인 자금과 인력이 투입되었다. 초인 연구소 주변을 통제하고 보호하는 특수부대가 파견된 것도 이런 국가적 지원의 일환이었다.

특수부대에서는 연구에 필요한 몬스터를 뉴 어스로부터 포획해 오는 일도 하고 있었다.

즉, A—58이 대면하고 있는 자이언트 오거를 잡아온 것도 바로 이들이었다.

외부적으로는 연구소 경비대라고만 불리는 야마토 특수부대원들은 미야자키 2등 육좌의 명령에 일사불란하게 움직였다.

아머드 기어 36기가 준비되고, 거기에 올라탄 야마토 부대가 빠르게 실전 시험장으로 향했다.

이들이 늦을수록 최고의 실험체인 A—58의 안전을 장담할 수 없기 때문이다.

하지만 사태는 이미 최악의 상황으로 치닫고 있었다.

쿵! 쿵!

크아앙!

자이언트 오거는 자신의 앞에 있는 인간이 도망치지 못하게 이리저리 몰았다. 그러면서도 혹시나 숨어서 체력을 회복하지 못하게 상대를 계속해서 움직이게 만들었다. 자이언트 오거가 휘두르는 몽둥이가 A—58을 아슬아슬하게 스쳐 지나갔고, 애꿏은 땅에 처박힐 때마다 흙이 튀었다.

"헉! 헉!"

A—58은 점점 지쳐 갔다.

자이언트 오거의 공격은 하나같이 방향을 급히 틀거나, 격하게 움직여 피해야 하는 것이었다. 공격을 피할 때마다 A—58의 체력은 급격하게 떨어져 갔다.

자이언트 오거의 공격은 교묘한 거미줄처럼 서서히, 그리고 확실하게 A—58을 궁지로 몰아갔다. 숲의 사냥꾼이라 불리는 오거다운 모습이었다.

A—58은 구석으로 몰리는 것만은 피하기 위해 사력을 다했지만, 그럴수록 더욱 빠르게 지쳐 갈 수밖에 없었다. 한 대라도 맞으면 끝이다. 그 생각에 사로잡힌 A—58은 정신적으로도 지나친 에너지를 소모하고 있었다.

휘이익!

어느 순간 자이언트 오거가 A—58에게 스트레이트를 지르듯 주먹을 뻗었다.

"이크!"

너무도 빤히 보이는 공격이었기에 A—58은 금방 몸을 피했다.

하지만 그만큼 직선적이고 단순한 공격은 이전의 공격들보다 훨씬 빨랐다.

설상가상으로 지친 상태의 A—58은 몸을 날리다가 중심이 흐트러지고 말았다.

공중에서 중심을 잃은 A—58은 급히 자세를 바로잡았지만, 그 때문에 잠시 자이언트 오거에게서 눈길을 뗀 것이 결과적으로 그의 발목을 잡고 말았다.

크억!

자이언트 오거는 그대로 공중에서 공격을 피하려던 A—58을 움켜쥐었다. 미처 팔을 다 뻗지도 않은 오거는 기쁨에 찬 괴성을 지르며 움켜진 A—58을 바라보았다.

주먹을 내지르는 것처럼 속여 일부러 A—58을 붙잡을 기회를 만든 것이다.

크아아앙! 크아아앙!

자이언트 오거는 A—58을 하늘 높이 쳐들고는 포효를 하였다.

그 소리가 얼마나 큰지, 대기가 울리고 일대의 풀과 나무들이 폭풍을 만난 듯 이리저리 흔들렸다.

쿵! 쿵! 쿵! 쿵!

이때 저 멀리서 그런 자이언트 오거를 향해 달려오는 것이 있었다.

먼지 구름을 일으키며 달려오는 것은 연구소 소장인 이시히 지로의 명령을 받고 출동한 미야자키 곤도 이등 육좌가 이끄는 야마토 부대였다.

모두 36기의 아머드 기어로 편성된 야마토 부대가 빠르게 자이언트 오거에게 접근을 하여 포위하였다.

야마토 부대의 아머드 기어들은 각자 자이언트 오거의 주변으로 빠르게 포진하여 여섯 방위를 점하였다.

모든 아머드 기어들은 자이언트 오거가 빈틈을 노리고 도망치지 못하게 3겹의 육각형 형태의 진을 만들었다.

가장 자이언트 오거와 가까운 곳에 방위마다 한 기씩, 그 뒤로 두 기의 아머드 기어가 조금 뒤로 포진하여 틈을 메우고 두 번째 육각형의 포위망을 갖췄다.

마지막으로 세 번째, 즉 바깥쪽에 있는 가장 큰 육각형의 진은 세 기의 아머드 기어가 1조가 되어 한 방위씩을 막고 서 있었다.

이것이 바로 일본 최정예 헌터 부대인 야마토 부대의 대몬스터 포획 대형이다.

아머드 기어에 탑승해 있는 야마토 부대의 대원들과 미야자키 곤도는 조금 초조한 얼굴로 자이언트 오거를 바라보았다. 아니, 정확히는 자이언트 오거의 손에 붙잡혀 있는 A—58을 바라보았다.

이미 A—58이 자이언트 오거의 손에 잡혀 버린 이상, A—58을 무사히 구출하기가 배 이상 어려워지고 말았다.

대원들은 모두 긴장된 상태에서 미야자키 곤도의 명령을

기다리고 있었다.

선불리 자이언트 오거에 접근했다간 A—58의 목숨은 보장할 수 없다. 자칫 자이언트 오거가 흥분했다간 무슨 일이 벌어질지 장담할 수 없었다.

한편 먹이를 붙잡은 것에 기뻐하던 자이언트 오거는 갑자기 나타난 아머드 기어들을 경계의 눈빛으로 바라보았다.

크아아!

그리고 이내 아머드 기어들을 먹이를 빼앗으려는 경쟁자들로 판단하고, 접근하지 말라는 경고를 보냈다.

하지만 아머드 기어들은 전혀 움직임이 없었다.

경고가 먹히지 않는다고 판단한 자이언트 오거는 그르륵, 하고 끓는 듯한 소리를 냈다.

하지만 야마토 부대는 자이언트 오거의 먹이를 빼앗으려 하는 게 아니라, 자이언트 오거를 제압하고 실험체인 A—58을 확보하려는 것이다. 자이언트 오거에게는 같은 의미일지 모르나, 어쨌든 야마토 부대에게 경고가 먹힐 리 없었다.

자신보다 더 작은 적이지만 숫자가 훨씬 많다. 자이언트 오거는 먹이를 뺏긴 위험이 있다고 판단했다. 또한 지금 자신을 둘러싸고 있는 것은 자신을 이곳으로 잡아온 적들과 이주 흡사한 형태의 놈들이었다.

당황스럽기도 했지만 위협을 느낀 자이언트 오거는 상당히 긴장한 상태였다.

쾅!

자이언트 오거는 손에 쥔 먹이를 등 뒤로 가져가며 반대쪽 손을 크게 내질렀다.

오거의 팔은 가장 가까운 곳에 있던 아머드 기어를 향해 날아갔다.

공격을 받은 아머드 기어는 황급히 방패를 세웠다. 주르륵, 소리와 함께 육중한 무게의 아머드 기어가 뒤로 수 걸음 밀려났다.

너무 강한 힘 때문에 공격을 완전히 흘리지 못하고 밀려난 것이다.

다행인 것은 포위진을 따라 동료들이 포진하고 있다는 것이다.

뒤에 포진하고 있던 아머드 기어들이 빠르게 접근해 뒤로 밀려난 동료를 수습했다.

그리고 그동안 뒤에 대기하고 있던 아머드 기어 한 기가 앞으로 나가며 자이언트 오거를 막아섰다.

그러자 자이언트 오거의 공격으로 잠시 벌어졌던 포위망이 다시 갖춰졌다.

크앙! 크아앙!

잠시 빈틈이 생기자 포위망을 빠져나가려고 하던 자이언트 오거는 분노하며 몸을 떨치더니, A—58을 들지 않은 한쪽 팔을 마구 휘두르기 시작했다.

— 빈틈을 봐서 천천히 공략한다.

— 라져.

그러거나 말거나 야마토 부대는 서서히 자이언트 오거를 압박하듯 공세를 펼치기 시작했다.

마치 기어의 톱니가 서로 맞아 돌아가듯 일사불란한 모습으로 아머드 기어들이 3인 1조가 되어 움직이기 시작했다.

여섯 방위 중 세 곳의 방위를 점하고 있는 아머드 기어들이 뛰어들었다. 각 방위 뒤에 포진한 아머드 기어들은 혹시 모를 자이언트 오거의 공격에 대비했다.

한 번에 세 곳에서 공격이 들어오자 아무리 자이언트 오거라도 모두 막아낼 수는 없었다.

그렇다고 그냥 당하고만 있다면 결과는 뻔하다.

자이언트 오거도 그 사실을 잘 알고 있었다.

크아아악!

자신의 가슴에도 미치지 못하는 아머드 기어의 공격에 당한 자이언트 오거가 비명을 내질렀다.

각기 다른 방위에서 뛰어든 아머드 기어들을 막기 위해

휘두른 팔은 후방에서 지원하는 다른 아머드 기어들에 의해 막혔다.

그때, 고통으로 분노한 자이언트 오거의 눈이 점차 붉어지기 시작했다. 그러더니 서서히 얼굴부터 시작하여 온몸이 달아오른 금속처럼 붉어지기 시작했다.

몬스터들은 가끔 이렇게 분노에 정신을 놓고 광기에 물들었다. 이런 몬스터는 자신의 상처도 무시하고 공격 일변도로 태세를 전환한다.

헌터들은 이를 버서커 모드라 부르며 극히 꺼려 하였다. 버서커 모드에 들어간 몬스터의 경우 공격을 예측할 수 없기 때문이다. 방어를 도외시하고 달려드니 상대하기가 더욱 힘들었다.

몬스터 헌팅은 헌터들끼리의 합공으로 공격과 방어가 조화를 이뤄 잘 맞아 돌아가야만 피해 없이 성공할 수 있다.

하지만 몬스터가 버서커 모드로 들어가게 되면 헌터 입장에서는 공격을 망설이게 된다.

그렇게 되면 다른 동료와의 연계에도 문제가 생기고, 빈틈이 생겨 몬스터에게 전투의 주도권이 넘어가게 된다.

버서커 모드에 들어가는 몬스터들은 좀 더 시간이 지나면

눈뿐만 아니라 온몸이 붉게 달아오른다. 그리고 이렇게 되면 평소의 두 배에 가까운 힘과 스피드를 낸다.

그렇다면 버서커 모드가 된 몬스터는 무조건 피해야 하는가 하면 그렇지도 않았다.

아직 눈이 붉어진 정도에 그쳤다면 조금 물러나 몬스터의 흥분을 가라앉히면 된다.

몸까지 붉게 물들었을 경우, 극히 위험하기도 하지만 어떻게 보면 그때가 바로 헌팅할 기회이기도 했다.

몸까지 붉어지는 현상은 몬스터가 흥분하면서 보다 많은 힘을 내기 위해 가죽에 축적되어 있는 마력까지 끌어다 쓰면서 발생하는 것이었다.

즉, 웬만한 공격으로는 상처도 낼 수 없던 가죽에 보다 쉽게 손상을 입힐 수 있다는 뜻이다. 가죽에 스며들어 있는 마력이 오직 공격을 위해 전환되기 때문이다.

이는 기회였다. 공격에 당하지 않도록 조심하기만 하면 단번에 치명타를 입힐 수 있었다.

— 몬스터가 버서커 모드 최종 단계에 접어들었다. 모두 조심하도록.

하지만 미야자키는 버서커 모드인 몬스터의 위험을 잊지 않고 경고했다.

야마토 부대의 대원들은 모두 약속이나 한 듯 방패를 앞으로 세우며 자이언트 오거에게서 일정 거리를 유지했다.

그리고 신호도 없이 각 방위에서 시간차를 두고 달려들자, 후방에서 대기하던 이들은 방패를 세우며 자이언트 오거의 공격에 대비했다.

아니나 다를까 자이언트 오거의 움직임은 이전과는 판이하게 다른 양상을 보이기 시작했다.

파악!

지면을 박차는 소리와 함께 자이언트 오거가 전면에 다가오는 아머드 기어를 향해 점프를 하였다.

8미터에 이르는 거대한 육체를 가진 자이언트 오거가 마치 하늘을 날듯 높이 뛰어올랐다. 오거는 그것으로 각 방위에서 공격해 오던 아머드 기어들의 공격 범위를 단숨에 벗어나 버렸다.

그뿐만이 아니었다.

콰직!

그대로 전방에서 공격하는 아머드 기어를 보조하기 위해 뒤에서 방패를 세우고 있던 아머드 기어 둘을 덮치며 찍어 눌러 버린 것이다.

자이언트 오거의 움직임은 거기서 그치지 않았다.

자이언트 오거는 건너뛰어 버린 뒤쪽의 아머드 기어의 다리를 붙잡아 당겨, 포위진의 가장 뒤쪽에 대기하고 있는 세

기의 아머드 기어를 향해 던져 버렸다.

쾅!

쿠당탕!

던져진 아머드 기어와 대기하던 아머드 기어들이 충돌하여 바닥에 널브러졌다. 순식간에 아머드 기어 네 기가 행동 불능 상태가 되어버렸다.

미야자키 곤도 이등 육좌는 긴급하게 이들의 상태를 확인했다.

— 부상자는 상황 보고하라!

미야자키 곤도는 빠르게 사고 지점으로 접근했다.

그가 도착했을 때, 그보다 먼저 쓰러진 아머드 기어가 있는 곳까지 도달한 아머드 기어들이 자이언트 오거가 더 이상 접근하지 못하게 막아섰다.

하지만 그때까지도 쓰러진 아머드 기어 네 기는 미동도 하지 못하고 쓰러져 있었다.

아무리 아머드 기어가 잘 만들어진 대몬스터 병기라 하지만, 이 정도의 충격을 받으면 단단한 아머드 기어라고 해도 안에 타고 있는 드라이버까지 부상을 입을 수밖에 없었다.

아직까지는 30기나 남아 있다. 현재까지는 야마토 부대가 유리한 상황이었다.

하지만 쓰러진 네 기의 아머드 기어를 보호하기 위해 다수의 아머드 기어가 전장에서 이탈하게 되었다. 그 때문에 단단했던 포위망이 상당히 느슨해졌다.

자신을 포위하던 포위망이 느슨해진 것을 깨달은 자이언트 오거는 본능적으로 어떻게 하면 이곳을 빠져나갈 수 있을지 깨닫게 되었다.

자이언트 오거는 쓰러진 아머드 기어가 흘린 아머드 기어용 대검을 재빠르게 주워 들었다.

그워억!

자이언트 오거는 저 앞에 쓰러진 네 기의 아머드 기어와 자신의 발밑에 쓰러진 아머드 기어들을 보며 크게 포효하였다.

적들 중 일부를 단숨에 쓰러트린 것에 대한 기쁨의 표현이었다.

조금 시간이 지나자, 던져진 아머드 기어에 부딪혀 쓰러졌던 아머드 기어들이 조금씩 움직임을 보이기 시작했다. 충격에서 깨어난 모양이었다.

다만 아직도 충격을 모두 떨치진 못한 듯 비틀거리며 전장에서 조금 떨어진 곳까지 이동했다. 당분간 전투에 참여하진 못할 듯 보였다.

자이언트 오거의 발밑에 있는 두 기의 아머드 기어는 더 이상 전투에 참여할 수 없게 되었다.

하필이면 자이언트 오거가 점프하여 내려앉은 곳이 드라이버들이 탑승하는 조종석이 있는 위치였기 때문이다.

자이언트 오거의 두 발이 각각 두 기의 아머드 기어에 처박혀 있었다.

콕핏의 겉면은 외부를 살피기 위해 강화유리로 되어 있었다.

자이언트 오거의 발은 그 부분을 정확하게 내리찍었다.

무게를 감당하지 못한 강화유리가 통째로 박살이 났고, 안에 있던 드라이버들은 탈출할 틈도 없이 그대로 짓이겨졌다. 어처구니없는 죽음이 아닐 수 없었다.

그렇게나 단단히 준비를 했는데, 설마 이 거대한 몬스터가 그 육중한 몸으로 그렇게 높이 점프를 할 줄은 아무도 예상하지 못했던 것이다.

모두 숙달된 헌터들인 야마토 부대의 아머드 기어 드라이버들은 오거가 점프를 한다는 사실을 잘 알고 있었다.

숲속에서 사냥을 할 때면 가끔 높은 나무 위에서 아래로 지나가는 헌터들을 덮치는 오거도 있었기에 경계를 했을 것이다.

하지만 이곳은 타고 오를 만큼 높은 나무도 없었고, 자이언트 오거는 그렇게 높이 점프할 수 있으리라고는 상상도 할 수 없을 만큼 큰 놈이었다. 일반적인 오거의 두 배에 가까운 덩치는 거의 4층 건물 높이에 맞먹는 크기다.

때문에 미처 자이언트 오거가 점프를 할 것이라고는 상상하지 못했다. 일반적으로 야마토 부대가 오거와 전투를 하던 곳은 뉴 어스의 숲속이라는 점도 한몫했다.

물론 한 번 방심을 한 대가는 컸다. 두 명의 동료를 잃어버리고 만 것이다.

직접 눈으로 확인을 했으니 더 이상 방심을 하지는 않겠지만, 이미 뼈아픈 결과를 낳고 말았다. 전혀 위로가 되지 않았다.

― 동료들의 복수를 해야 한다. 죽여라!

미야자키 곤도는 이를 갈며 나머지 대원들에게 명령했다.

야마토 부대의 남은 아머드 기어 드라이버들이 제각기 함성을 지르며 일제히 자이언트 오거를 향해 달려들었다.

쾅! 쾅! 쾅! 쾅!

거칠게 달려오는 아머드 기어들을 보며 자이언트 오거는 조금 전 효과를 본 방법을 다시 한 번 사용하기로 하였다.

자이언트 오거는 발밑에 널브러진 아머드 기어 한 기를 집어 들더니, 전방에 달려오는 아머드 기어들을 향해 힘껏

던졌다.

휘익! 쾅!

그리고 어떻게 되었는지 확인도 하지 않고 남은 아머드 기어마저 던져 버렸다.

자이언트 오거에게 접근하던 아머드 기어들은 식겁하며 던져진 아머드 기어를 피했다. 하지만 선두에 있던 몇몇 대원들은 연달아 날아오는 다른 아머드 기어까지는 피하지 못했다.

콰앙!

아머드 기어의 육중한 무게는 그대로 무기가 되었다.

던져진 아머드 기어에 당한 몇 아머드 기어들이 바닥을 뒹굴었다.

우워억!

자이언트 오거는 자신의 공격에 달려오던 아머드 기어들이 쓰러지자 그곳으로 빠르게 달려가기 시작했다.

한 손에는 아머드 기어를 던지기 위해 내려놓았던 대검이 들려 있었다. 다시 한번 점프를 하고는 쓰러진 아머드 기어의 근처로 내려섰다.

쾅! 쾅!

자이언트 오거는 쓰러져 있는 아머드 기어들 위로 들고 있던 대검을 내려쳤다.

자이언트 오거는 이미 방금 전의 경험으로 아머드 기어의 약점이 어딘지 깨닫고 있었다. 오거는 손에 든 대검으로 연속해서 아머드 기어의 콕핏을 내리쳤다. 빈손이 된 왼손으로는 쓰러진 아머드 기어를 잡아 휘둘렀다.

그러자 자이언트 오거의 주변으로 접근을 하던 야마토 부대의 아머드 기어들은 더 이상 접근을 하지 못하게 되었다. 자이언트 오거가 휘두르는 동료의 안전을 걱정한 것이다.

사실 이는 딱히 자이언트 오거가 아머드 기어들 간의 유대 관계를 이해했다기보다, 접근하는 다수의 적을 견제하기 위해 본능적으로 취한 행동에 가까웠다.

하지만 그 결과는 무척이나 자이언트 오거에게 유리하게 돌아갔다.

한편 야마토 부대와 자이언트 오거가 본격적으로 충돌을 하기 직전 느슨해진 자이언트 오거의 손에서 가까스로 탈출을 한 A—58은 질린 얼굴로 급히 현장을 빠져나갔다.

이런 곳에 가만히 있다간 자이언트 오거가 문제가 아니라, 자이언트 오거를 처리하기 위해 달려드는 아머드 기어들의 발에 채일 수도 있었다.

그러니 자신의 안전을 위해서 최대한 전장에서 벗어나야

했다.

싸움이라는 것은 어느 정도 체급이 맞아야 성립하는 것이
다.

일개 헌터에 불과한 A—58이 홀로 자이언트 오거나 강
철로 된 아머드 기어의 전투 속으로 뛰어드는 것은 그저 죽
을 자리로 뛰어드는 부나방과 같은 객기에 불과했다.

몇몇 특수한 능력을 가진 상급 헌터라면 이야기가 다르겠
지만 A—58은 그런 특별한 능력을 가진 상급 헌터는 아니
었다.

A—58은 어디까지나 그저 약물에 의해 강제로 강화된
반쪽짜리 헌터일 뿐이다.

물론 A—58도 초인 연구소의 실험체 중에서는 가장 강
한 힘과 빠른 스피드, 그리고 본능적인 전투 센스를 가지고
있었다. 이를 바탕으로 중(重)형 몬스터인 미노타우로스를
잡는 데 성공하기도 했다.

하지만 그건 어디까지나 미노타우로스이니 가능한 일이
었다. 자이언트 오거는 아직 A—58에게는 넘을 수 없는
벽이었다.

✝   ✝   ✝

'으, 제길 여긴 어디야!'

한참 자이언트 오거와 아머드 기어를 피해 달리던 A—58은 생각했다.

자신이 무엇 때문에 여기 있는지 알 수가 없었다.

머릿속에 이상한 기억들이 계속 떠오르고 있었다. 동시에 점점 두통이 심해지기 시작했다.

'으으, 아파! 아파!'

한참 달리던 그는 두 손으로 머리를 감싸더니, 점점 속도를 줄이다가 결국 비틀거리며 자리에 주저앉았다.

너무도 심한 두통에 도저히 움직일 수가 없었다.

두통에 주저앉은 그의 머릿속에는 당장이라도 자신을 한입에 삼킬 것만 같은 거대한 짐승이 보였다.

마치 호랑이처럼 생긴 짐승은 붉게 물든 눈으로 자신을 죽일 듯이 쳐다보며 입을 크게 벌렸다. A—58의 두 눈에 그 커다란 입 안의 모습이 선명하게 들어왔다.

길이만도 1미터는 되어 보이는 커다란 네 개의 송곳니가 금방이라도 자신의 몸을 찢어발길 듯 빛났다.

"아아아악!"

그 모습은 너무나 실제 상황처럼 느껴졌다. A—58은 그 모습이 두려움에 비명을 지르며 몸부림쳤다.

한참을 그렇게 두통과 공포로 바닥을 뒹굴며 비명을 지

르던 그는 갑자기 벌떡 일어나 어디론가 달려가기 시작했다.

"헉! 헉! 헉! 헉!"

초점이 흐려진 상태로 얼마를 달렸을까. 우뚝 멈춰 선 그는 주변을 돌아보다, 다시 달려가기 시작했다.

얼마 지나지 않아 눈앞에 돌로 된 구조물이 나타났다.

A—58은 뭐에 홀리기라도 한 듯 구조물의 어딘가에 손바닥을 댔다.

그그그긍!

그러자 밋밋한 벽으로 보이던 중간이 갈라지면서 통로가 나타났다.

A—58은 무작정 그 안으로 들어갔다.

저벅저벅.

지저분해진 A—58이 들어서자 통로는 먼지투성이가 되었다.

하지만 그는 아무런 상관도 없다는 듯 오직 한 방향을 향해 거의 뛰듯이 걸었다. 확신에 찬 발걸음이었다.

얼마나 걸었을까. 커다란 격납고가 눈에 들어왔다.

그곳에는 커다란 동상이 서 있었다.

조금 전에 본 자이언트 오거나 아머드 기어보다 훨씬 커다란 그것은 한쪽 손에는 거대한 검을, 반대쪽에는 방패를 들고 있었다.

타이탄이었다.

[내게로 와라. 내게로!]

A—58의 머릿속에는 조금 전부터 저 소리가 귀가 먹먹해질 정도로 커다랗게 들려오고 있었다.

'네가 날 부른 것이냐?'

A—58이 속으로 중얼거렸다.

[그렇다. 내가 널 불렀다.]

"네가 날 불렀다고?"

A—58은 어안이 벙벙하여 타이탄을 바라보며 물었다.

[그렇다. 너는 몬스터의 환상에 너무도 고통스러워하고 있다. 그것을 해결해 주기 위해 불렀다.]

아무 장치도 없이 머릿속을 울리는 소리에 경계하던 A—58은 두통을 해결해 준다는 말에 눈을 동그랗게 뜨고 타이탄 쪽으로 한 걸음 다가섰다.

"어떻게 내 고통을 없애준다는 거지?"

그는 반신반의하면서도 참기 힘든 고통을 없애준다는 말에 혹해 물었다.

[나와 계약을 한다면 네가 가진 트라우마를 해결해 줄 수 있다.]

"어떻게 하면 되는 거지?"

고통을 없애준다는 소리에 A—58은 두말할 것도 없이 계약을 하기로 결정했다.

걱정이 되지 않는 것은 아니다. 하지만 자신을 계속해서 괴롭히는 두통은 너무나 견디기 힘들었다.

더욱이 두통이 발생할 때마다 함께 떠오르는 짐승의 모습은 정말이지 공포 그 자체였다.

그런데 이 타이탄은 그것을 '계약만 하면 된다'는 듯 쉽게 말하고 있었다.

[계약을 할 마음이 있다면 내가 묻는 말에 동의해라.]

"…알겠으니 빨리 부탁한다. 지금도 나는 너무 고통스럽다."

[그래, 그럼 시작하지. 나, 아이번은… 가만, 네 이름이 뭐지?]

"태랑이다."

[나 아이번은 골렘의 맹약에 입각해 새로운 마스터 태랑과 계약을 하려 한다. 동의하는가?]

"동의한다. 이제 끝난 것인가?"

맹약이 끝난 뒤, A—58은 눈앞의 타이탄과 기묘한 연결 고리가 생긴 듯한 느낌을 받았다.

[그렇다. 너와 난 이제부터 하나가 되었다. 둘 중 하나가 생을 다하거나, 또는 둘의 뜻이 맞지 않아 계약을 해지하게

되면 계약이 종료된다.]

"이제 네가 말한 대로 계약을 했으니 이 두통을 치료해 줘."

A—58이 머리를 감싸쥔 채 말했다.

[알겠다. 네 두통은 마법사의 저주 때문에 발생한 것이 다.]

"마법사의 저주?"

[아니, 정확하게는 봉인된 기억이 왜인지는 모르나 일부 해제되면서 뇌 신경을 자극하여 생긴 일이라고 해야겠지. 그러니 봉인을 완벽하게 만들거나, 완벽하게 해제하면 두통 이 사라질 것이다.]

"뭐든 좋아. 어떻게든 해 봐."

A—58은 무엇이든 상관이 없었다. 그가 바라는 것은 어 서 빨리 이 참기 힘든 고통에서 벗어나는 일이었다.

[난 타이탄이지 마법사가 아니다.]

"그럼 못한다는 소리야?"

[마법사가 아니라 했지, 네 고통의 원인을 치료하지 못한 다고는 하지 않았다.]

"뭐야, 할 수 있다는 소리잖아!"

[난 마법사가 아니기 때문에 봉인을 다시 할 수는 없다. 하지만 무너진 봉인을 깰 수는 있다.]

타이탄 아이번은 자신이 어떻게 해서 그의 두통을 없엘 수 있는지 들려주었다.

[마스터가 내 안에 들어오면 난 마스터와 정신적으로 연결이 된다. 그리고 마스터인 네가 허용하면 정신에 침투를 하여 고통을 유발하는 불안정한 봉인을 깰 것이다.]

"그렇군……."

A—58은 잠시 생각에 잠겼다.

위험할 수도 있겠다는 생각이 들었다. 아직 정확한 판단을 내릴 수는 없지만, 정신에 침투한다는 부분이나 두통을 유발하는 봉인을 아예 깨버리겠다는 건 당사자인 A—58에게는 지극히 위험한 일이 아닐 수 없었다.

만일 방금 전 아이번이 한 이야기를 정진이나 로난이 들었다면 바로 아이번을 해체하려고 했을 것이다.

골렘, 아니 타이탄의 에고는 절대 이런 이야기를 할 수 없었다.

타이탄의 에고는 전적으로 마스터의 안전을 위해 설정되어 있다.

마치 흑마법으로 제작된 저주받은 마검의 에고처럼 마스터의 정신에 침투를 하려는 일은 절대 하지 않는다.

하지만 A—58은 아이번의 말이 어느 정도로 위험한 일인지까지는 인지하지 못했다.

"좋아, 허락한다."

그는 참기 힘든 두통만 해결이 된다면 약간의 위험을 감수해도 좋다는 생각에 허락했다.

— 알겠다. 마스터의 동의에 감사한다. 그럼 시작하겠다.

그렇게 대답한 아이번은 게이트를 열어 자신의 마스터가 된 A—58을 받아들였다.

A—58은 당황하여 주변을 둘러보았다.

'여긴 어디지?'

그는 배경이 아무것도 없는 어두운 공간에 홀로 존재하고 있었다. 당황한 A—58이 두리번거리고 있을 때, 그를 안심시키려는 듯한 아이번의 목소리가 들려왔다.

— 마스터, 당황하지 마라. 여긴 나의 안에 있는 또 다른 공간이다.

"또 다른 공간? 내가 네 안에 있다고?"

— 그렇다. 양손 근처의 크리스탈 볼에 손을 올리고 정신을 집중하면 주변이 보일 것이다.

아이번의 말이 떨어지기 무섭게, A—58의 두 손 아래에 크리스탈 볼이 나타났다.

A—58은 크리스탈 볼이 나타나자 잠시 주춤하였다.

방금 전까지는 보이지 않던 것이 갑자기 나타났다는 사실에 원초적인 두려움을 느끼고 멈칫한 것이다.

하지만 그것도 잠시, 찜찜한 느낌을 지울 순 없었지만 A—58은 두통을 벗어나야 한다는 생각에 크리스탈 볼에 손을 얹고 마력을 집중하기 시작했다.

그러자 잠시 멈춰 있던 두통이 다시 시작되었다.

"으윽!"

— 아직 나와 연결이 덜 되었다. 마스터, 참고 힘을 더 내게 전하기 바란다.

A—58이 두통으로 고통스러워하며 신음을 흘리자, 아이번이 조언했다.

그 말에 A—58은 다시 한번 조금 더 마력을 집중해 크리스탈 볼에 흘려 넣었다.

"아아악!"

더 많은 마력이 크리스탈 볼에 전달이 될수록 두통은 더욱 심해졌다.

A—58은 고통에 떨면서도 조금만 참으면 두통에서 벗어날 수 있다는 생각에 마력을 집중했다.

"아아악!"

어느 순간 A—58은 머릿속이 폭발할 것만 같은 느낌을 받았다. 아무런 생각도 할 수 없었다.

그리고 고통이 최고점에 이르렀을 때, 머릿속에서 뭔가 폭발하는 듯한 소리가 들렸다.

퍽!

✝   ✝   ✝

기이잉!

쿵! 쿵!

타이탄 아이번은 마스터가 전해주는 마력으로 텅 비어 있던 자신의 심장이 차오르는 것이 느껴졌다.

'10%, 11%, 12%, 15%, 18%, 21%…….'

우우우웅!

마력이 찰수록 엑시온에서 전달되는 진동이 강하게 느껴졌다.

— 마력이 차오른다. 다시 한번 전장에 나갈 수 있다.

아이번은 자신의 심장에 마력이 돌아오는 것을 느꼈다. 과거의 영광을 다시 한번 재현할 수 있다는 생각에 아이번의 목소리는 어딘지 들떠 있었다.

"으으윽!"

— 아 참, 아직 할 일이 남았지.

마스터가 된 A—58이 내뱉는 신음 소리에 정신을 차린 아이번은 그와 약속한 것을 시행하기 시작했다.

엑시온에 차오르는 마력의 일부로 마스터인 A—58의 뇌로 연결을 하였다.

흘러간 A—58의 뇌 속으로 들어갔다.

A—58의 뇌 속으로 침투한 아이번은 그의 머릿속에 있는 망가진 신경을 연결하기 시작했다.

기억의 봉인이 제대로 되어 있었다면 굳이 이런 일을 하지 않아도 되었겠지만, 봉인이 일부만 무너지면서 그 부작용으로 뇌내 신경 일부가 망가져 버렸다.

이렇게 망가진 신경을 복구를 하지 않고 봉인을 함부로 해제하려고 했다가는 위험했다. 자칫 미쳐 버릴지도 몰랐다.

아이번은 어렵게 얻은 마스터를 잃고 싶지 않았다.

만약 아이번이 흑마법사가 만든 마검에 깃든 에고처럼 사악한 존재였다면, A—58의 망가진 신경을 복구하려고 하지는 않았을 것이다.

마스터의 정신이 흐릿할수록 그 육체를 차지할 수 있는 확률이 높아지기 때문이다.

그런데 아이번은 그렇게 하지 않았다.

그렇게 했다가는 골렘의 맹약에 따라 아이번의 에고는 마스터를 위해한 것으로 판명되어 소멸될 것이기 때문이다.

그때였다.

— 어? 으…으아악!

망가진 신경을 복구해 가던 아이번이 갑자기 비명을 지르기 시작했다.

　신경을 복구하면서 한편으로는 엑시온에서 생성된 마력으로 기억 봉인 마법을 해제하고 있었는데, 갑자기 반발이 일어난 것이다.

　어느 정도의 반발이야 예상하고 있었지만, 예상한 것보다 훨씬 반발이 컸다.

　아이번은 A—58의 기억을 봉인하고 있는 마법이 5클래스 마법이라는 것을 알지 못했다.

　존재했던 시대상 아이번이 알고 있는 마법은 클래스가 아닌 서클 마법이다.

　클래스 마법과 서클 마법은 어떤 부분에 있어서는 전혀라고 해도 좋을 만큼 체계가 다르다. 때문에 아이번은 기억 봉인 마법을 해제하면서도 이런 변수가 있을 줄은 전혀 예상치 못했다.

　아이번은 이미 일부 봉인이 해제된 상태이니, 단숨에 마력을 집중하여 기억 봉인 마법을 아예 파괴하려고 했다. 그런데 생각보다 너무 봉인이 단단해 해제가 되지 않고, 설상가상으로 일부 해제가 되었던 마법이 자체적으로 복구를 시도하며 아이번이 일으킨 마력을 끌어 당기고 있었다.

　점차 엑시온에서 생성된 마력이 과도하게 A—58의 뇌로 몰리기 시작했다.

"그아아아!"

끔찍한 비명이 A—58의 입에서 튀어 나왔다.

쾅!

그리고 어느 순간, 뇌로 몰려들던 마력과 기억 봉인 마법이 충돌하며 폭발하였다.

Chapter 2
폭주하는 타이탄을 제압하라!

  미야자키 곤도 이등 육좌는 인상을 구겼다.

  실험체를 구하기 위해 출동을 했던 야마토 부대가 심각한
피해를 입었기 때문이다.

  야마토 부대는 연구 목적으로 잡아온 몬스터 중 특급 자
이언트 오거가 누군가에 의해 풀려났다는 보고와 함께 그것
을 잡아들이라는 명령이 떨어져 출동하였다.

  사실 출동한 직후까지만 하더라도 야마토 부대는 이번 임
무에 대해 크게 걱정하지 않았다. 아무리 위험한 자이언트
오크라고 하지만, 그 자이언트 오거를 잡아온 것도 자신들
이었으니 충분히 잡을 수 있을 것이라 생각한 것이다. 이곳

이 자이언트 오거의 주 서식처인 숲속이 아니란 사실 또한 그 생각에 무게를 더해주었다. 별다른 피해 없이 생포를 할 수 있을 거라 예상한 미야자키 곤도 역시 특별히 대원들에게 주의를 주지는 않았다.

하지만 결과는 처참했다.

핀치에 몰린 자이언트 오거는 야마토 부대를 상대로 필사적으로 저항했고, 야외 실험장에는 엄폐물조차 없어 뜻밖의 공격에 허를 찔리고 말았다. 결과적으로 그들은 절반의 성공만을 거두었다.

격전 중 자이언트 오거에 붙잡혔던 실험체는 무사히 빠져나갔다.

그렇지만 귀중한 실험체 중 하나인 자이언트 오거는 죽일 수밖에 없었다. 자이언트 오거가 죽음을 무릅쓰고 격렬하게 저항했기 때문이다.

그 와중에 야마토 부대의 아머드 기어가 여덟 기나 파괴가 되었고, 세 기는 반파되어 시급히 정비가 필요한 상황이었다.

나머지 25기의 아머드 기어도 부분 파손으로 정비에 들어가게 되었다.

완파된 아머드 기어에 탑승을 하고 있던 여덟 명의 아머드 기어 드라이버는 미처 탈출을 하지 못하고 그만 운명을 달리하고 말았다.

그나마 다행이라면 반파된 세 기에 탑승하고 있던 드라이버들은 무사히 탈출을 했다는 것이다.

원래 미야자키 곤도는 대장으로서 빠르게 판단하고 자이언트 오거를 사살하도록 명령하려고 했다.

하지만 연구소장인 이시히 소장의 요청 때문에 그럴 수 없었다.

여덟 명의 부하를 잃고 난 뒤에야 미야자키 곤도 이등 육좌는 이시히 소장의 요청을 무시하고 자이언트 오거를 사살하라고 명령했다.

만약 명령이 조금만 더 늦었더라면 피해는 더욱 커졌을 것이다.

그나마 신속하게 명령을 내렸기에 반파된 아머드 기어의 드라이버가 생명을 구할 수 있었다.

하지만 결과적으로 귀중한 실험체인 자이언트 오거도 죽고, 소중한 아머드 기어와 아머드 기어 드라이버들도 잃었다.

모든 일이 일단락되자 미야자키 이등 육좌는 결과를 보며 한숨을 쉴 수밖에 없었다.

자이언트 오거를 상대했음을 생각하면, 아머드 기어 11기가 파괴된 것은 사실 큰 손실은 아니다.

뉴 어스에서는 사살된 자이언트 오거를 잡기 위해 20기 가까이 파괴되었으니 말이다.

하지만 비록 그때에 비해 아머드 기어의 손실이 적다고 하나, 그것에 탑승을 하는 드라이버가 여덟 명이나 죽고 말았다.

솔직히 아머드 기어가 파괴되는 것은 크게 상관없는 일이다.

비싼 장비지만 다시 사려면 못 살 것도 없으니까.

하지만 아머드 기어를 운용하는 드라이버는 그렇게 단기간에 충원을 할 수 있는 존재들이 아니다.

특히나 야마토 부대처럼 특수한 목적을 가지고 양성된 아머드 기어 드라이버는 더욱 그러하다.

야마토 부대의 아머드 기어 드라이버들은 일반 헌터 클랜의 아머드 기어 드라이버들처럼 중형의 몬스터를 상대하지 않는다. 진형을 갖춰 단체로 작전을 수행하는 이유가 바로 그것이었다. 야마토 부대는 최소 중(重)형 몬스터 내지는 대형 몬스터를 상대한다.

특히나 중(重)형의 경우 생포를 목적으로 헌팅하기 때문에 아머드 기어 드라이버라고 해도 상당한 부담이 되는 일이었다.

단순하게 사냥을 하는 것이라면, 아무리 중(重)형 몬스터라 해도 부대 전체가 나서면 큰 피해를 보지 않고 끝낼 수 있다.

하지만 그들은 몬스터를 실험용으로, 가능한 온전하게 생포해야만 했다.

때문에 그런 어려운 임무에도 나설 수 있고 입도 무거운, 동시에 실력까지 탁월한 드라이버가 필요했다.

이런 아머드 기어 드라이버를 어떻게 쉽게 데려올 수 있겠는가. 일본 정부가 야마토 부대를 마음대로 확대하지 못하는 것은 바로 그런 이유에서였다.

그런데 이렇게 큰 피해를 보고 말았으니, 미야자키 곤도이등 육좌는 눈앞이 암담했다.

자이언트 오거 포획할 때 발생한 피해는 결과적으로 포획에 성공하면서 어쩔 수 없는 피해라 넘어갈 수 있었지만, 오늘의 피해는 그렇게 쉽게 얼버무릴 수 없을 것이다.

이시히 지로의 무리한 요청이 있었다고는 해도 너무 피해가 컸기 때문이다.

더욱이 자이언트 오거까지 죽어버리지 않았는가.

미야자키 곤도가 한숨을 쉬고 있던 그때였다.

─ 사, 살려줘!

스피커에서 다급한 외침이 들려왔다.

─ 지금 구조 요청하는 건 누구지?

미야자키 곤도가 물었지만 야마토 부대원들은 아무도 대답하지 못했다.

그들 또한 스피커를 통해 들은 소리였던 것이다.

— 대장님, 공용 채널에서 들린 것 같습니다.

부대원 중 한 명이 대답했다.

미야자키는 얼른 공용 채널로 통신을 보냈다.

— 무슨 일인가! 구조 요청을 하는 것인가?

어쩐지 불길한 예감이 미야자키의 머릿속을 스쳤다. 야마토 부대원들은 다들 마른침을 삼켰다.

— 본부! 누구 없나? 대답해라!

아무도 대답이 없었다.

✝   ✝   ✝

쾅! 쾅!

일본 초인 연구소 지하 격납고에서 거대한 타이탄이 난동을 부리고 있었다.

A—58은 밀려드는 두통을 참지 못하고 타이탄 아이번과 계약하여 머릿속에 봉인된 금제를 해제해 줄 것을 요구했다.

A—58에게 걸려 있던 기억을 봉인하는 저주가 무슨 이

유로 인해 부분적으로 해제가 되었던 것이다. 그것이 두통의 원인이 되었고, 완전히 해제하는 과정에서 그만 사고가 터지고 말았다.

사고의 원인은 A—58이 보유한 마력이 정순하지 못하고 무척이나 난잡하고 거친 성격을 가지고 있던 게 주효했다. 타이탄의 에고인 아이번이 미처 손을 쓰기도 전에 폭주를 해버린 것이다.

여기서 또 다른 문제가 발생을 하였다.

보통 타이탄의 마스터가 마나 폭주를 하면, 타이탄의 에고는 마스터의 안전을 위해 안전 모드로 들어가 안정을 취해야 한다.

그런데 현재 타이탄의 에고인 아이번은 A—58의 두통의 원인이 되는 저주를 풀기 위해 그의 머릿속으로 들어가 있는 상태였다. 그 상태에서 A—58이 폭주하는 바람에 본체인 타이탄을 통제할 수 없게 되고 만 것이다.

A—58은 고통을 해소하기 위해 어떻게든 힘을 외부로 쏟아내려 하고 있었다.

본능적으로 자신의 몸속에 있는 마력이 문제가 되고 있음을 느끼고, 그것을 모두 소비하여 마력을 몸 밖으로 빼내려는 행동이었다.

하지만 A—58이 탑승을 하고 있는 것은 10m의 크기를 가진 강철 거인이다.

결국 타이탄이 폭주하여 날뛰는 사태가 벌어지고 만 것이다.

타이탄의 주변에는 야마토 부대의 예비 아머드 기어와 그 부속들, 그리고 그것들을 정비하는 데 필요한 각종 기계 설비들이 놓여 있었다.

아직 운용법을 배우지 못했음에도 A—58은 정신을 놓고 폭주를 하는 상태에서 움직이고 있었다.

하지만 제대로 된 운용법을 모르기에 장애물처럼 널린 설비들을 피하지 못하고 걸려 넘어지거나, 또 넘어진 상태에서 손에 잡히는 것들을 마구잡이로 집어 던지고 부수어 댔다.

그렇게 본능적인 움직임만 보이던 타이탄이 어느 순간 시간이 지나면서 제대로 된 동작을 하기 시작했다.

쿵! 쿵!

그렇지만 그것을 운용하고 있는 A—58이 정신을 차린 것은 아니었다.

정신을 놓아버린 A—58로 인해 그가 탑승하고 있는 타이탄도 점점 폭주하기 시작한 것이다.

휘익!

쿵!

쾅!

주변의 모든 것을 파괴하던 타이탄은 어디론가 막연히 움직이기 시작했다.

완전히 파괴된 격납고 안에 있던 아머드 기어와 기계 설비들만이 폐허로 남아 있었다.

† † †

"저건 또 뭐야……."

미야자키 곤도는 출입구를 부수고 나온 타이탄을 보며 중얼거렸다. 스피커에서도 연신 혼란스러움이 가득한 외침이 들려왔다.

— 대장! 저게 뭐죠?

— 저거 타이탄 아니야?

야마토 부대원 중 한 명이 아이번의 정체를 알아보고 소리쳤다.

— 격납고 한쪽에 장식품처럼 있던 그거 같은데요?

그 말에 타이탄을 알아본 미야자키는 다시 한번 무전을 날렸다.

— 그게 왜 움직이는 거야!

— 그건 저도 잘…….

언제까지 지금 벌어지고 있는 일을 떠들고 있을 수는 없었다.

격납고 출구를 폭파를 하듯 뚫고 나온 타이탄이 엄청난 속도로 이들을 향해 다가오고 있었기 때문이다.

폭주 상태의 아이번은 격납고를 나오자마자 눈앞에 자신을 막아서는 아머드 기어들을 보았다.

그리고 망설임 없이 아머드 기어를 향해 달려들었다.

쿵! 쿵!

쾅!

자이언트 오거를 상대했던 아머드 기어들은 아직도 동체 여기저기에 그 싸움의 흔적이 남아 있었다.

아머드 기어들은 방금 그 충돌을 통해 자이언트 오거를 상대했던 것은 장난이나 마찬가지라는 것을 깨달았다.

— 놈과 정면으로 붙지 마라!

미야자키 곤도가 급히 소리쳤다.

— 예!

야마토 부대원들이 긴장된 얼굴로 진형에 따라 급히 흩어졌다.

자이언트 오거를 상대할 때도 갖추었던 대몬스터 진형이었다.

타이탄을 상대해 본 적은 한 번도 없다. 하지만 아머드 기어보다 더 거대한 덩치를 가지고 있는 타이탄을 상대할 방법은 그것뿐이었다.

아머드 기어보다 더 거대한 중(重)형, 또는 대형 몬스터를 상대하기 위해 오랜 시간 연구하여 만들어낸 진형이기도 했다.

야마토 부대원들은 타이탄 아이번을 포위한 채 조금 전 자이언트 오거를 상대했던 것처럼 늘어섰다. 숫자가 줄었기 때문에 이전처럼 진형이 촘촘하진 않았지만, 그래도 모두 최선을 다해 타이탄을 막아섰다.

쿵! 쾅! 콰광!

타이탄의 공격을 막아낼 때마다 정면으로 막은 것도 아닌데도 그 파워가 너무도 엄청나, 18톤이나 되는 아머드 기어가 들썩일 정도였다.

— 결코 혼자 타이탄의 공격을 막을 생각하지 마! 될 수 있으면 막지 말고 피해라! 피할 수 없다면 무조건 방패를 세워서 빗겨 막아라!

미야자키 곤도는 선두에서 타이탄을 상대하면서 계속해서 부하들에게 무전으로 지시를 내렸다.

그 노력이 통했는지, 타이탄을 처음 상대하면서도 야마토 부대원들은 꽤나 능숙하게 타이탄의 공격을 막거나 회피를 하였다.

한편, 컨트롤 타워에 있던 이시히 지로 소장은 밑에서 들려오던 굉음과 비명 소리가 들리지 않게 되자, 연구원 중한 명에게 어떻게 된 일인지 알아보라는 지시를 내렸다.

"미야키!"

"예."

"무슨 일인지 알아봐라."

연구원 중 한 명이 얼른 고개를 숙이고는 밖으로 나갔다.

"이게 도대체… 내가 한 지시를 무시하고 자이언트 오거를 가져다놓은 자가 누군지 당장 찾아!"

"예."

이시히 지로는 속에서 끓어오르는 화를 참을 길이 없었다. 하지만 지금은 이성을 잃고 있을 때가 아니라는 생각에 최대한 기분을 억제했다.

하마터면 소중한 실험체를 잃을 뻔했다.

수천의 실험체 중 겨우 하나 성공을 거두었는데, 그 소중한 실험체가 폐기가 될 뻔했다.

비록 반도 출신이라 썩 마음에 드는 것은 아니지만, 어차피 그 쓰임이 다 되었을 때 폐기하면 되는 것이다.

나중에 완벽하게 재현에 성공한다면 그때 다시 위대한 일본인으로 연구를 발표하면 되는 일이다.

그전까지는 단 하나의 성공 사례인 만큼 최대한 자신들이 연구를 재현할 수 있을 때까지 보호를 해야 한다.

다행히 늦지 않게 야마토 부대원들이 출동한 덕에 실험체를 잃지는 않았다.

그렇지만 그 과정에서 소중한 연구용 몬스터인 자이언트 오거를 잃어야 했다.

물론 실험체 A—58를 잃는 것에 비하면 천만다행한 일이기는 하지만 아까운 것은 아까운 것이다.

자이언트 오거를 생포하기 위해 얼마나 많은 시간과 예산을 허비했던가. 더욱이 특수부대인 야마토 부대를 이용하는 것 때문에 군대에 아쉬운 소리를 많이 해야 했다.

굴욕을 참아가며 상부에 비위를 맞춰서 어렵게 자이언트 오거를 생포했는데, 연구를 다 해보기도 전에 잃고 만 것이다.

사실 실험체 A—58을 구출하기 위해 급하게 야마토 부대를 출동시킬 때, 자이언트 오거도 꼭 살려서 생포를 하라고 말했다. 하지만 명령하면서도 그게 불가능하다는 것을 이시히 지로는 잘 알고 있었다.

솔직히 야마토 부대만으로 뉴 어스에서 자이언트 오거를

생포해 온 것도 기적과 같은 일이었다.

우거진 산림으로 둘러싸인 곳에서 은신에 능한 자이언트 오거를 발견하고 생포하는 일은 결코 쉬운 일이 아니다.

행운이 따라준 덕에 다른 몬스터를 사냥하는 자이언트 오거를 먼저 발견하여, 대몬스터용 마취제를 써서 적당히 생포할 수 있었다.

그때도 야마토 부대원들의 피해가 상당했다.

그런데 그렇게 힘들게 포획해 온 자이언트 오거를 누군가의 수작으로 잃게 되었으니, 이시히 지로는 물론이고 연구원들의 표정도 좋지 못했다.

하지만 그 자리에 있던 누군가는 다른 눈빛을 하고 있었다.

초인 연구소의 소장인 이시히 지로가 억지로 화를 참아가며 지시를 내리고 있을 때, 그는 자이언트 오거의 손에서 A—58이 빠져나가는 것을 지켜보았다.

A—58을 구출하기 위해 출동한 야마토 부대가 조금 늦게 도착을 했더라면 자신의 목적을 이룰 수 있었을 것을. 하필 위협을 느낀 자이언트 오거가 버서커 모드에 들어가면서 A—58을 내팽개친 덕에 실패하고 말았다.

거기에 자신이 담당하던 실험체인 자이언트 오거도 죽어버렸다.

이 일로 자신에게 불이익이 떨어질 것은 불을 보듯 뻔했다.

하지만 그것보다 더 견딜 수 없는 것은 라이벌인 오보카타 루코의 입지가 더 올라가는 것이었다.

오보카타 루코는 사실상 스승인 이시히 소장의 추천만으로 연구소에 들어왔다.

그에 비해 자신은 치열한 경쟁을 뚫고 당당히 실력으로 초인 연구소의 연구원이 되었으니, 루코 따위와 비교할 수 없었다.

그동안 오보카타 루코는 연구소 내에서도 철저히 신입 연구원으로서 다른 연구원들의 보조나 이시히 소장이 던져 주는 연구 과제를 검토하는 일 정도만 할 수 있었다.

그러던 것이 어느 순간 이시히 소장의 연구 파트 한 부분을 맡고, 지금은 독자적으로 프로젝트를 진행을 하고 있었다.

자신이 독자적인 프로젝트를 진행하기 위해 거친 기간은 무려 5년이었다.

그전까지는 오보카타 루코처럼 다른 연구원들의 뒤치다꺼리를 하며 실적을 쌓아야 했다.

그런데 오보카타 루코는 겨우 6개월 만에 자신만의 프로젝트를 시작한 것이다.

더욱이 자신의 연구는 지지부진한데 반해 오보카타 루코가 담당하는 연구는 상당한 진척이 보인 것은 물론이고 소장으로부터 인정을 받고 있었다.

사와지리 에리코는 눈빛을 차갑게 빛내며 컨트롤 타워 한쪽에 조용히 있는 루코를 흘겨보았다.

그녀가 자신보다 나은 것이라고는 나이가 젊다는 것뿐이다.

하지만 소장이나 다른 수석 연구원들은 모두 루코에 열광을 하고 있었다.

자신이 루코보다 못한 것이라고는 여자 치고 자신의 키가 크다는 것뿐이다.

사와지리 에리코는 기회만 된다면 그녀의 연구를 망치는 것은 물론, 그녀를 이곳 초인 연구소에서 쫓아낼 계획이었다.

이번 일은 그 첫 번째 계획의 일환이었건만.

에리코는 얼굴을 일그러뜨렸다. 어차피 실험 실패와 야마토 부대의 희생 등으로 컨트롤 타워 내의 분위기는 땅에 떨어져 있다. 다들 표정이 좋지 않으니 이 정도는 전혀 상관없으리라.

에리코는 조용히 소장인 이시히 지로의 지시를 들으며 루코를 곁눈질하였다.

쾅!

"소장님!"

갑자기 컨트롤 타워의 문이 거칠게 열리며, 조금 전 이시히 소장의 지시로 밖에 일어난 소란을 알아보기 위해 나갔던 미야키가 급히 뛰어 들어왔다.

"알아봤나? 무슨 일로 그렇게 소란스러웠던 건가?"

그의 얼굴은 새파랗게 질려 있었다. 미야키가 떨리는 목소리로 말했다.

"지하 격납고에 있던 타이탄이 갑자기 움직였습니다. 격납고에 있던 아머드 기어는 물론이고, 저번에 소장님께서 신청하신 실험 기기들이 모두 파괴되었습니다."

그 말을 들은 이시히 지로는 너무나 충격적인 소식에 얼빠진 표정을 지었다.

"뭐라고?"

"그뿐만 아니라 야마토 부대의 아머드 기어를 정비하던 엔지니어들은 물론이고, 외출을 나가던 근처의 연구원들도 그 소란에 휘말리고 말았습니다."

"뭐야! 그게 정말인가?"

미야키가 격하게 고개를 끄덕였다.

"그렇습니다. 격납고는 지금 전쟁터를 방불케 할 정도로 파괴가 되었습니다."

"아니, 타이탄이 움직였다고?"

하지만 이시히 소장이 놀란 부분은 타이탄이 난동을 부려 사상자가 나왔다는 것이 아니었다.

그의 관심은 바로 그동안 애물단지와 같던 타이탄이 움직였다는 사실이었다.

처음 타이탄이 들어왔을 때만 해도 이시히 소장은 자신이 곧 그것의 비밀을 밝혀내고 재현할 수 있을 거라 믿었다. 그렇게 해서 전 세계적인 명성을 얻을 것이라고 말이다.

그렇지만 이시히 지로의 그러한 꿈은 타이탄을 연구하기 시작한 지 얼마 지나지 않아 거꾸러지고 말았다.

지금까지 뉴 어스의 던전에서는 타이탄의 부속들이 상당히 자주 발굴되었다.

하지만 그것들은 온전한 형태가 아니었고, 대부분 일부 부속일 뿐이었다. 때문에 그 성능이 어땠는지는 알아낼 길이 없었다. 사실상 고고학적인 의미밖에는 없었던 것이다.

소득이 아예 없었던 건 아니었다. 그런 부속들을 연구하는 과정에서 대몬스터 병기 아머드 기어가 개발되었던 것이다.

그리고 최초의 아머드 기어를 개발한 미국은 천문학적인 돈을 벌어들이고 있다.

일본도 뒤늦게 아머드 기어 개발에 성공을 하여 돈을 벌고 있지만, 미국을 따라가려면 아직은 멀고도 먼 일이었다. 이것은 초인 연구소가 세워지게 된 배경이기도 하다.

일본은 한국에서 타이탄이 온전한 형태로 발굴이 되었다는 소식을 듣자마자 발 빠르게 나서서 타이탄을 구매하였다.

뉴 어스의 대몬스터 병기, 타이탄에 관한 기록은 일본의 교토 게이트 안에서도 상당히 많이 발굴되었다. 일본 정부도, 이시히 지로도 타이탄의 실물만 있다면 그동안 발굴한 기록들을 바탕으로 금방 그 비밀을 파헤칠 수 있을 거라 생각했다.

이시히 지로는 한국으로부터 타이탄을 들여온 이후 거의 최근까지도 계속 타이탄 연구를 했다. 하지만 결과는 처참했다.

그동안의 연구 소득은 허무하게도 아무것도 없었다.

다만 타이탄의 몸체를 이루는 금속이 가진 성질에 관해 조금 알아낸 것이 전부였다.

타이탄을 구성하는 금속은 철이 아닌 지금까지 단 한 번도 본 적이 없는 금속이었는데, 지구에선 구할 수 없는 금속이었다.

그런데 이 신소재는 에너지 전도율이 무척이나 좋았다.

거기다 단단하면서도 무척이나 가벼워, 같은 무게와 경도의 다른 금속에 비해 훨씬 효율적이었다.

만약 이 신소재로 비행기를 만든다면, 지금보다 훨씬 더 커다란 비행기를 만들면서도 에너지를 엄청나게 절감할 수 있을 것이다.

이시히 지로 소장은 타이탄을 이루고 있는 그 신소재가 무엇인지 알아내기 위해 각고의 노력과 연구를 하였지만, 지금은 거의 포기한 상태였다.

연구를 할수록 미궁이었다. 아무리 파고들어도 그 이상은 아무것도 얻어낼 수 없었다.

그의 밑에 있는 연구원들은 점점 지쳐 갔고, 타이탄의 연구에 치중하느라 다른 연구를 제대로 할 수가 없었다.

결국 이시히 지로는 선택을 해야만 했다. 다른 연구를 접고 타이탄을 계속 연구할 것인지, 아니면 타이탄을 포기하고 초인 만들기를 위시한 다른 연구를 할 것인지를 말이다.

효율을 중요시하는 일본의 정서를 생각하면, 당연히 진척이 없는 타이탄 연구를 접고 다른 연구에 집중을 해야 한다.

그렇지만 타이탄이란 것은 가슴에 불을 지르는 무언가가 있었다.

미국이 타이탄을 개발하는 데 성공하기 전부터, 한국으로부터 온전한 타이탄을 가져오기 전부터 늘 생각해 오던 것이었다.

이시히 지로로서는 효율적이지 않다는 이유로 타이탄을 연구하는 것을 포기하기가 쉽지 않았다.

그렇지만 결정을 해야 했으므로, 그는 결국 진척이 없는 타이탄 연구를 포기했다. 그것이 바로 얼마 전의 일이었다.

그런데 연구를 포기한 후 계속 격납고에 방치되어 있던 타이탄이 갑자기 움직이기 시작했다는 것이다.

흥미를 가지지 않을 수가 없었다.

아직 무엇이 어떻게 되어 움직이게 되었는지조차 모르지만, 이시히 지로는 머릿속이 복잡해졌다.

이시히 지로가 어떻게 지시해야 할지 고민하고 있던 그 때.

쾅!

쿠르르르!

갑자기 들린 폭발음에 깜짝 놀란 이시히 지로가 연구원들을 돌아보았다.

사상자가 나왔다는 미야키의 말에 더 초조한 표정을 짓고 있던 연구원들은 저마다 벽에 기대어 있거나, 바닥에 주저앉아 있었다.

폭발이 얼마나 강력했는지 건물이 마구 흔들렸던 것이다. 마치 지진이 일어난 것 같은 충격이었다.

당황한 이시히 지로가 자리에서 일어섰다.

"뭐야!"

"타, 타이탄이 나타났습니다."

"타이탄?"

이시히 지로는 오보카타 루코의 말에 얼른 창가 쪽으로 뛰어가 아래를 내려다보았다.

10미터가 넘는 엄청난 크기의 타이탄이 빠른 속도로 한 쪽으로 이동하고 있었다.

"아니……."

이시히 지로가 당황한 얼굴로 그것을 바라보았다.

내려다본 곳에는 자신의 부탁으로 A—58을 구출하기 위해 출동했던 야마토 부대원들이 타이탄의 앞에 진형을 갖춰 늘어서 있었다.

"안 돼!"

격납고의 출입문을 부수고 실험장 안으로 돌진한 타이탄이 야마토 부대의 아머드 기어와 충돌했다.

야마토 부대의 아머드 기어들은 타이탄의 공격을 받은 즉시 힘없이 뒤로 날아가 버리고 말았다.

이시히 지로의 눈이 떨렸다.

✝   ✝   ✝

소문으로만 듣던 타이탄의 움직임은 듣던 것만큼 대단해 보이지는 않았다.

다만 그것을 상대하는 아머드 기어와 격이 다른 덩치와 파워 때문인지, 야마토 부대의 아머드 기어들이 숫자가 많음에도 불구하고 좀처럼 우위를 점하지 못하였다.

쾅! 쾅!

야마토 부대가 쓰는 대몬스터 진형은 기본적으로 6인 1조로, 총 여섯 개의 조를 짜 움직인다. 하지만 자이언트 오거를 상대하면서 수가 많이 줄어든 지금은 그렇게 움직일 수 없었다.

남은 야마토 부대원들은 3인 1조로 움직이며 각각 공격과 방어를 분담하여 충격을 완화시키는 데 주력하고 있었다.

때로는 더 많은 숫자의 아머드 기어들이 모여 공격을 하거나, 방어를 하였다.

다만 이 진형에 있어 절대로 변하지 않는 것은 방어를 할 때는 무조건 최우선적으로 회피를 하고, 그것이 불가능할 때는 3기 이상이 방패를 들고 방어를 한다는 것이었다. 혼자선 절대로 중(重)형 이상의 몬스터가 가진 힘을 완벽하게 흘리지 못하기 때문이다. 타이탄의 경우도 마찬가지였다.

타이탄은 아머드 기어에 비해 두 배 가까이 더 컸다.

무게는 약 50톤 정도로 아머드 기어에 비해 두 배 이상 무겁다.

아머드 기어는 장시간 운용을 해야 하는 특성상 신소재를 사용해 중량을 가능한 줄인 것이다. 하지만 타이탄에는 지구에서 만들어낼 수 있는 것 이상의 특수한 금속이 사용되었다. 결국 내구도나 부피 대비 움직임에서 월등한 차이가 날 수밖에 없었다.

이렇게 격이 다름에도 야마토 부대의 아머드 기어들이 아직까지 버티고 있는 데는 여러 가지 요인이 작용했다.

그중 가장 커다란 요인은 바로 타이탄인 아이번을 운용하고 있는 마스터, A—58이 정신을 잃은 채 폭주하는 상태라는 것이다.

그리고 타이탄에게 무기가 들려 있지 않다는 것이 또 다른 하나의 이유였다.

만약 이런 불리한 환경이 아니었다면 아마 야마토 부대의 아머드 기어들은 타이탄을 상대로 이만큼 선전을 벌이지 못했을 것이다.

현재 타이탄 아이번은 정신을 잃은 마스터 A—58을 대신해, 과거 마스터였던 이들의 기억을 토대로 혼자서 아머드 기어들을 상대하고 있었다.

또 다른 변수는 바로 이곳에 작용했다.

과거 아이번의 마스터들은 모두 기사였다. 즉, 그 말은 검을 무기로 썼다는 것이다.

하지만 아이번이 사용하던 타이탄용 검은 과거 아이번이 있던 영지 주기장이 지각변동으로 땅속에 묻히면서 오랜 시간이 흘러 그 형태만 남고 고철이 되어버렸다.

타이탄의 몸이야 마력로인 엑시온의 작용으로 본체를 유지할 수 있었다.

하지만 본체와 별개로 존재하는 타이탄 전용 무기는 관리를 할 수 없었고, 시간의 흐름 속에서 숙명을 다한 것이다.

때문에 현재 타이탄 아이번은 100% 힘을 발휘하지 못하고 있었다.

주력인 검을 잃었을 때를 상정해 격투술을 익힌다는 매뉴얼이 있지만, 말 그대로 능숙하게 숙련을 한 것이 아니라 그런 것이 있다는 것만 알 수 있을 정도로 배우고 지나간 것이다.

사실상 기사가 검을 잃었다면 포로가 되고도 남을 상황이다.

아이번이 타이탄으로 태어난 당시, 이미 매뉴얼에 있는 격투술은 존재 의의를 상실한 상태였다.

이미 무기를 잃을 정도의 상황인 시점에서, 맨손 격투로

덤빈다 해도 무기를 든 적의 상대가 될 수 없다는 주장이 지배적이었던 것이다.

때문에 당시 기사들에게 맨손 격투는 그런 것이 있다는 정도로만 소개되었고, 격투술을 배워 익히는 것은 개인의 선택으로 돌아갔다.

아이번의 마스터였던 이들 중 맨손 격투술을 수련한 이들은 아무도 없었다.

그저 교양 삼아 수습 기사 시절에 배우는 것이 전부였다.

때문에 맨손으로 아머드 기어들을 상대하는 아이번의 모습은 상당히 어설펐다.

그에 비해 비록 자이언트 오거를 상대하느라 조금 망가지기는 했지만, 아머드 기어들은 각자 전용 무기를 들고 있었다.

아머드 기어 전용 대검과 방패, 또는 강철로 만들어진 커다란 메이스 등으로 무장을 하고 있는 아머드 기어는 야마토 부대원들이 익히고 있는 무기술을 바탕으로 아이번을 상대하고 있었다.

아이번은 시간이 갈수록 손발이 어지러워지고, 움직임이 둔해지는 것을 느꼈다.

하지만 야마토 부대원들의 상황도 그리 좋지만은 않았다.

엄밀히 말해 야마토 부대원들에게 시간은 결코 아군이 아니었다.

야마토 부대원들은 지금 상대하는 아이번과 상대하기 전에도 이미 거대 몬스터인 자이언트 오거와 힘겨운 싸움을 거친 후다.

가뜩이나 갑자기 이루어진 출동에 제대로 준비를 하지 못하고 급히 나선 탓에, 사상자까지 발생할 정도로 힘든 싸움을 벌여야 했다. 만전의 상태로도 그리 만만한 상대가 아닌데, 버서커 모드까지 발현된 자이언트 오거를 상대해야만 했던 것이다.

야마토 부대가 타이탄과 조우하게 된 것은 아머드 기어들을 정비하기 위해 격납고로 이동하는 도중이었다.

만약 아머드 기어의 숫자가 조금이라도 적었다면, 싸움은 지금까지 유지되지도 못하고 끝났을 것이다.

미야자키 곤도를 비롯한 야마토 부대원들은 지금도 식은땀을 흘리며 어떻게든 타이탄의 빈틈을 찾아 제압하려고 노력 중이었다.

타이탄은 너무도 단단해 아머드 기어의 출력으로는 부숴버릴 수도 없다. 물론 흠집을 낼 수 있다 한들, 아무리 연구가 중지되었다고는 하지만 하나뿐인 타이탄을 파괴할 수도 없었다.

최대한 피해를 입지 않는 범위에서 타이탄의 팔다리를 붙잡아 아머드 기어의 무게로 제압을 한 다음, 타이탄을 움직이고 있을 마스터를 끄집어낼 계획이다.

물론 그 뒤야 이곳 연구소 연구원들이 알아낼 것이다.

타이탄에 관한 것은 이곳 초인 연구소가 모든 책임을 지고 있기 때문이다.

Chapter 3

몰려드는 스파이

거대한 공장, 공기가 무척이나 뜨겁게 타오르고 있었다.

쿵! 쾅! 쿵! 쾅!

치지지직! 치지지직!

분주히 움직이는 사람들.

모두가 열심히 일을 하고 있지만, 이렇게나 이곳이 뜨거운 것은 그들의 열정 탓이 아니라 달아오른 쇠를 다루고 있기 때문이었다.

작업자들은 저마다 열심히 쇠를 달구고, 두드리고, 한쪽에서 거대한 기계를 이용해서 모양을 잡았다.

"이쪽으로 가시지요."

그때, 공장 내부 환경과는 어울리지 않은 양복을 빼입은 일단의 사람들이 들어왔다.

공장 관계자로 보이는 사람의 안내를 받으며 진입한 그들은 저마다 머리에 안전모를 뒤집어쓰고 이동하기 시작했다.

"여기가 바로 타이탄 화랑이 제작되는 곳입니다. 이쪽을 보시면……."

안내를 맡은 사내는 얼굴 가득 자부심이 넘치는 미소를 지으며 공장 내부 모습을 보여주고 있었다.

그는 공장 안을 설명하는 자신의 일에 상당히 자긍심을 가지고 있는 모양인지, 한마디 한마디 힘을 주어 설명하고 있었다.

그의 설명을 듣고 있는 사람들 또한 열기로 가득한 공장 안에서 헐떡이면서도 그가 가리키는 곳을 보며 눈을 반짝이고 있었다.

이들은 바로 성대 중공업에서 생산되는 타이탄 화랑을 구매하기 전, 공장을 견학하기 위해 온 관계자들이었다.

성대 중공업에서는 구매자가 직접 공정을 볼 수 있는 공장 견학 외에도 따로 여행 패키지까지 운용하고 있었다.

타이탄 생산 시설의 구경이라니, 절대 쉽게 볼 수 있는 일이 아니다. 때문에 그룹 홍보처와 호텔 등이 계획을 하여 관광 상품으로 내놓은 것인데, 처음에는 그저 타이탄을 홍보하기 위한 수단이었다.

그런데 의외로 반응이 좋아, 아예 정기적으로 관광을 하는 코스로 만든 것이다.

성대 중공업의 성공을 알게 된 오성과 신세기 그룹도 이를 벤치마킹한 관광 상품들을 내놓았다. 그들 또한 타이탄 제작 공정에 참여한 부분이 있기 때문이다.

물론 성대 중공업만은 못하지만 오성과 신세기 그룹도 고객들의 상당한 호응을 얻을 수 있었다.

신세기의 경우는 타이탄 공장을 견학하는 여행 패키지를 넘어서, 뉴 어스의 쉘터 투어까지 만들어 정말 본격적인 여행 상품을 내놓았다.

물론 아직까지는 헌터와 일부 허가받은 사람들 외에는 뉴어스의 게이트를 넘어갈 수가 없기에 아무나 이용할 수 있는 상품은 아니지만, 이것도 조만간 정부와 협상하게 될 예정이었다.

누구나 안전하게 뉴 어스에서의 여행을 즐길 수 있게 된다면, 게이트 사태 이후 거의 전멸한 것이나 다름없던 관광업계에 새로운 바람이 불 것이다.

이런 분위기 속에 정부로 문의를 하는 사람들이 늘어갔

다. 정부 또한 긍정적으로 검토하고 있다고 답했다.

실제로 일반인들까지 뉴 어스에서 자유롭게 관광을 즐길 수 있도록 하기 위해서는, 정부나 헌터 협회 입장에서 준비해야 할 것이 아주 많을 것이다. 하지만 그렇게 된다면 좋겠다고 생각하는 건 그들도 마찬가지였다.

더 이상 사람들은 몬스터를 그렇게 두려워하지 않았다.

정부와 헌터 협회가 제4차 몬스터 웨이브를 별 피해 없이 방어해 낸 이후, 안전에 대한 국민적 신뢰가 아주 두터워졌다.

하지만 다른 국가들, 특히 옆 나라인 중국은 아무리 숨기고 있다지만 상당한 피해를 입은 상황.

헌터 강국인 중국에서도 막지 못한 피해를 성공적으로 방어한 것에 대한민국 국민들은 자국의 헌터들에 대해 강한 믿음을 갖게 되었다.

몬스터 웨이브를 무사히 방어한 것뿐만 아니라, 몬스터에 완전히 점령되었던 북한 지역도 수복되었다.

이는 대한민국 정부는 물론이고 대한민국 국민들 모두를 고무시키기에 충분했다. 현재 대한민국은 가장 아래에서 위까지 모두 할 수 있다는 희망적인 분위기로 가득했다.

신세기 그룹에서 뉴 어스 쉘터 관광 여행 상품을 내놓았을 때, 정부에서 긍정적인 반응을 보인 데는 이런 사정이 숨어 있었다.

"현재 화랑은 몬스터 대응군에 납품하기로 예정되어 있습니다."

안내를 하는 남자가 미소를 지으며 말했다.

사람들이 술렁였다. 정부의 몬스터 대응군에 정식 납품 계약을 했다는 것은 그만큼 품질이 보증되어 있다는 것이나 마찬가지기 때문이다.

외부인들이 계속 돌아다니면 신경이 쓰여 작업이 방해될 만도 한데, 성대 중공업의 작업자들은 전혀 개의치 않는 듯했다.

오히려 관광객들이 이곳을 둘러보며 신기해하는 것에 자부심을 느끼는 듯, 힘든 작업을 하면서도 입가에는 미소가 어려 있었다.

관광객들의 가장 뒤편, 사람들을 조용히 따라가며 성대 중공업의 타이탄 공장 내부를 살피는 시선이 있었다.

검은 머리에 갈색 뿔테 안경을 쓰고 있는, 20대 후반에서 30대 초반쯤 되어 보이는 남성이었다. 그는 다른 관광객들처럼 성대 중공의 타이탄 공장의 이곳저곳을 두리번거리며 구경을 하였다.

언뜻 보기에는 마냥 신기한 듯 어리숙해 보이지만, 안경

너머 그의 눈빛은 날카로운 관찰자의 것이었다.

하지만 이곳에 있는 어느 누구도 그러한 남자를 의심하는 사람은 아무도 없었다.

그의 어리숙해 보이는 연기가 너무도 완벽했기 때문이다.

지이익! 치지직! 치지직!

다만 그가 눈에 띄는 것은, 공장 내부를 너무도 요란하게 두리번거리고 있다는 점이었다. 단지 호기심이 강하구나, 정도로 치부될 수 있는 영역이었지만, 사정을 아는 사람들이라면 수상해 보일 수밖에 없는 행동이었다.

그의 정체는 바로 미국의 타이탄 제조업체인 레기온 인더스트리의 산업스파이였다.

제이슨 리라는 이름의 그는 제3차 몬스터 웨이브가 있던 당시 고아가 되었다가 미국으로 입양된 사람이었다.

본래 이름은 이정환.

입양이 된 후 이정환은 어린 나이임에도 철저히 미국인으로서 자랐다.

그의 관점에서 미국은 지구상 그 어느 나라보다 국력이 강대한 나라였다.

모든 면에서 다른 나라들을 압도하는 나라. 그것이 제이슨 리의 머릿속에 있는 미국이었다.

한때 자신의 울타리가 되어주던 아버지도, 자상한 어머니도, 그리고 슈퍼 히어로라 믿었던 헌터들도 몬스터에게 죽임을 당했다.

하지만 미국은 달랐다. 몬스터 웨이브로 폐허와 비슷한 지경이 된 자신의 동네와는 다르게 미국은 너무도 평화로웠던 것이다.

제이슨 리는 입양이 되기 전 게이트가 있는 대전에 살고 있었다. 그는 몬스터 웨이브로 폐허가 된 대전역 인근의 모습을 기억했다.

너무도 충격적인 모습이었기에, 오랫동안 그것은 그의 뇌리에 강하게 남아 있었다.

입양된 후, 대전역 인근과는 너무도 상반된 미국의 모습을 본 그는 무서운 몬스터에게서 자신을 지키기 위해선 이 강한 나라의 일원이 되는 것만이 최선이라고 생각했다.

미국인 가정에 양자로 들어간 제이슨 리는 철저히 미국인이 되기 위해 노력을 했다.

그를 입양한 미국인 부모들은 그것을 아주 기꺼워하며 그를 키웠다.

특히나 군인 출신의 양부는 그가 육군사관학교를 들어간다고 했을 때, 너무도 기뻐하며 어린 그에게 총을 선물해 주었다.

미국은 총기 소지가 비교적 자유롭고, 2000년 게이트 사태로 규제가 풀리면서 요즘은 간단한 안전 교육만 수료하면 총기를 소지할 수 있다. 하지만 그렇다고 하더라도 아직 10대 초반인 그에게 44구경 매그넘은 너무 과한 것이었다.

하지만 제이슨은 그것을 기쁘게 받았다.

그리고 더욱 자신의 선택을 확신하게 되었다.

과한 무기를 받았다 해도, 어쨌든 자신은 그만큼 더 안전해진 것이다.

하지만 육군사관학교를 입학하는 것만으로 탄탄대로가 펼쳐질 것이라 생각했던 그의 인생은 한순간 나락으로 빠지고 말았다.

부모님이 돌아가시고 만 것이다. 졸지에 혼자가 된 그는 슬픔을 수습하기도 전에 누명을 쓰고 사관학교에서 쫓겨날 처지에 이르게 되었다.

사관학교 내에서 성폭행 사건이 벌어졌는데, 그 범인으로 그가 지목이 된 것이다.

하지만 제이슨은 너무도 억울했다. 당시 그는 사관학교 생도들 중 가장 우수한 성적을 거두고 있었고, 임관만 하면 1계급 특진을 할 것이라 주목을 받고 있었다.

부모의 죽음으로 잠시 방황을 하고 있을 때 그런 일이 터지자, 어느 누구도 그를 도와주려 하지 않았다.

결국 그의 무죄 주장은 받아들여지지 않았고, 그는 불명예를 안고 쫓겨날 위기에 놓였다.

하지만 하늘이 무너져도 솟아날 구멍이 있다고 했던가. 제이슨 리의 앞에 동아줄이 내려왔다.

국방정보국인 DIA에서 손을 내민 것이다.

제이슨 리는 망설임 없이 DIA에 들어갔다.

부모로부터 물려받은 유산도 있었으나, 그것만으로는 안심이 되지 않았다.

자신의 안전을 위해선 보다 강력한 울타리가 필요하다는 강박관념이 있는 그는, 위험하기는 하지만 DIA에 들어가는 것이 낫다고 판단했다.

DIA에 들어간 뒤, 그는 누구보다 열심히 일을 하였다.

2000년 게이트 사태 이후 DIA의 일에도 상당한 변화가 있었다.

적성국의 군사력 조사보단 타국의 헌터 관련 정보 취득이 우선시되었던 것이다.

DIA에 들어간 제이슨 리는 뒤늦게 사관학교에서 자신이 왜 누명을 쓰게 되었는지 알게 되었다.

거기에는 최우수 생도의 명예를 황인종이며 본토 출신도

아닌 해외 입양아인 그가 받는 것에 대해 못마땅해 하는 일부 사람들의 생각이 섞여 있었다.

자신을 성폭행범으로 지목했던 여생도는 자신의 남자친구가 제이슨이 받기로 한 국방부 장관 표창을 받게 하기 위해 거짓 신고를 한 것이었다. 그리고 일부 생도들과 인종차별을 하는 교관들이 그들의 뜻에 동조했던 것이다.

증거를 확보하는 과정에서 이런 일들이 자신에게만 벌어지는 일도 아니란 사실을 알게 된 제이슨은 그동안 품고 있던 미국에 대한 환상을 접었다.

그리고 철저히 자신의 이익을 위해서 일하겠다는 새로운 다짐을 하게 되었다.

제이슨은 그 길로 군에서 나와 사설 정보 업체인 헤르메스에 들어갔다.

헤르메스는 그리스 로마 신화에 나오는 전령의 신이다. 정보 조직의 이름으로는 정말 딱이었다.

헤르메스의 직원들은 전부 군 정보 조직 출신들로 구성이 되어 있었다. 제이슨도 DIA에 함께 근무를 했던 상관의 추천으로 헤르메스에 입사를 하게 되었다.

헤르메스는 전 세계적으로도 유명한 정보 조직이기도 했다.

제이슨은 헤르메스에 입사하면서, DIA에 있을 때보다도 훨씬 안정된 삶과 스릴을 함께 얻을 수 있었다.

정보를 캐내는 일이란 것은 원체 민감한 일이다. 특히나 몬스터 산업에 관한 일들은 각국에서도 전략적으로 보호를 하는 부분이다.

스파이 활동을 하다 붙잡히게 되면 사형, 내지는 평생을 빛도 들어오지 않는 감옥에서 썩어야 한다.

하지만 제이슨은 위험보단 스릴을 느꼈다.

그가 쓰고 있는 뿔테 안경은 사실 일반 안경이 아닌, 초소형 카메라가 내장된 특수한 안경이었다.

그가 보는 모든 것이 촬영되어 실시간으로 멀리 떨어진 곳에 있는 곳으로 전송될 것이다.

제이슨은 그가 속한 팀과 함께 한국의 타이탄 설비에 대한 의뢰를 받고 조사를 하고 있었다.

이 의뢰는 비단 제이슨이 속한 팀에만 주어진 것이 아니었다.

의뢰를 한 곳이 한 곳만이 아니었기 때문이다. 이슈가 된 한국의 타이탄에 대해 여기저기서 중복으로 의뢰가 들어왔다.

한 번의 일로 여러 의뢰를 처리할 수 있다. 그 의뢰비는 하나같이 역대 최고액이었다.

헤르메스에서는 최고의 팀들을 선발해 파견하였다.

오성과 신세기에도 또 다른 팀이 파견이 되어 제이슨처럼 조사를 벌이고 있었다.

타이탄을 개발한 미국은 정보를 감추기 위해 타이탄 생산 공장의 위치나 엔지니어에 대한 보안을 아주 철저히 하고 있었다. 그런데 한국은 전혀 그렇지 않았다.

아예 관광 상품처럼 외부에 공개를 하고 있는 것이다.

그 때문에 헤르메스뿐만 아니라 많은 나라의 정보 조직들, 사설 정보 조직들까지 한국의 타이탄에 관한 정보를 취득하기 위해 꾸역꾸역 몰려들고 있었다.

하지만 실상은 아무리 조사를 해봐야 소용이 없다는 것을 그들은 몰랐다.

그들이 보는 타이탄 공장에서 만드는 것은 외형뿐, 가장 핵심이 되는 엑시온은 생각지도 못한 곳에서 만들어져 납품 되고 있다는 것을 말이다.

† † †

"굳이 그걸 계속 만들어야 하나?"

로난은 정진을 쳐다보며 물어보았다.

사실 로난은 처음 정진이 타이탄을 연구한다고 했을 때, 무척이나 기분이 좋았다.

그래서 정진이 필요하다고 하는 것이나 모르는 것이 있으면 하나부터 열까지 자세하게 가르쳐 주었고, 또 그가 막히는 부분이 있으면 함께 고민하며 해결을 해주었다.

하루라도 빨리 정진이 타이탄 제작에 필요한 지식을 쌓아서, 자신과 함께 챔피언급의 타이탄을 넘어 역사상 가장 강한 유일무이한 타이탄인 골든 나이트에 버금가는 타이탄을 개발하기를 바랐기 때문이다.

하지만 정진은 로난의 생각과 다르게, 아케인 왕국의 주력 타이탄이었던 워리어급 타이탄인 월러드를 카피하여 재현하였다.

물론 처음으로 만드는 타이탄인데 자신의 도움을 받았다고 하지만, 솔저급도 아니고 정규 타이탄인 워리어급 타이탄을 재현했다는 것은 대단한 일이었다.

하지만 엄밀히 따지면, 정진이 재현한 월러드는 오리지널 월러드보다 성능이 떨어졌다.

타이탄을 구성하는 주 재료는 마나 전도율이 좋은 합금으로 만들어진다.

가장 많이 사용되는 금속이 바로 미스릴이다.

마나석이 돌에 자연의 마나가 응축이 된 것이라면, 미스릴은 금속에 마나가 들어 있는 것이다.

미스릴은 가벼우면서도 또 마나를 포함하고 있기에, 소량으로 합금을 만들어도 아주 뛰어난 금속이 탄생한다.

다시 말해 타이탄에 꼭 필요한 재료 중 하나가 미스릴이라는 것이다.

아무리 타이탄 마스터가 타이탄의 심장인 엑시온을 이용해 마력을 증폭을 한다고 해도, 증폭된 마력이 타이탄 전체로 뻗어나가지 못하면 제대로 운용할 수가 없다.

비록 정진이 편법을 써서 마정석과 몬스터의 뼈, 그리고 쇠를 합성해 마나 전도율이 좋은 금속을 만들어내기는 했지만, 그래도 미스릴 합금에 비하면 20% 정도 마력 손실이 발생한다.

여기서 로난과 정진의 의견이 갈렸다.

정진은 현재 개발한 워리어급 타이탄 월드를 계속해서 생산하면서 개량하려고 했다. 한데 로난은 왜 굳이 하급 타이탄을 계속해서 생산해야 하는지 납득하지 못했다.

굳이 개량하지 않아도 보다 상위 타이탄인 나이트급을 생산하면 오리지널 월드보다도 더 뛰어난 타이탄을 완성할 수 있는데 사서 고생을 한다는 이유였다.

마나 전도율 문제 또한 뉴 어스에서 미스릴 광산만 발견하면 해결이 될 문제였다. 로난은 정진이 합금의 마나 전도율을 개량하겠다며 연구를 하고 있는 것이 영 못마땅했다.

"아직 클랜 내부에 타이탄이 더 필요해."

정진은 로난의 질문에 시선도 돌리지 않고 마정석과 오거의 뼈, 그리고 티타늄을 가지고 합금을 만들고 있었다.

"그러니까, 굳이 워리어급을 계속해서 만들지 말고 나이트급을 만들면 되지 않나."

로난은 정진의 무성의한 대답에 조금 언성을 높였다.

정진은 그제야 고개를 들어 로난을 지그시 바라보았다.

그리고 정진의 시선에 로난도 피하지 않고 그를 마주 보았다.

한참을 말없이 로난을 보던 정진은 차분한 어조로 이야기를 하기 시작했다.

"모든 일에는 때가 있는 법이야."

"그게 어쨌다는 것이지?"

로난은 정진의 말을 이해할 수가 없었다.

지금 정진이 하려는 일은 그저 쓸데없는 일에 불과했다.

미스릴만 발견한다면 해결이 되는 일을 굳이 왜 이렇게 해야만 하는 것인가? 그보다는 그냥 상위 타이탄을 개발하는 것이 훨씬 생산적이다.

"네 말대로 나이트급 타이탄을 개발한다고 해도, 현재는 그것을 운용할 만한 사람이 얼마 없다."

정진이 차분하게 설명했다.

"더욱이 우리가 타이탄을 생산하는 문제로 여러 나라들이 촉각을 곤두세우고 있다."

"그건 알고 있다. 하지만 그들이 이 나라를 함부로 공격을 할 수 있는 것도 아니라고 하지 않았나."

로난은 전에 정진에게 지구의 정세와 각 나라들에 대해 들은 것을 떠올렸다.

"그래, 네가 살던 시대와는 다르지. 지구에는 UN이라는 국제 기구가 있어. 때문에 함부로 국가 간 전쟁을 할 수 없지. 하지만 아주 못하는 것도 아니야. 강대국은 갖은 이유를 대서 약한 나라를 침범하지."

정진은 뭔가 씁쓸한 표정으로 입술을 지그시 깨물었다.

정진이 정작 로난에게 하고 싶은 말은 이것이 아니었다. 어둠 이면에서 벌어지는 강대국과 약소국의 정보전을 이야기하고 싶었다. 하지만 굳이 말을 꺼내지 않았다.

2000년 게이트 사태가 벌어지기 전, 지구는 몬스터가 아닌 각 나라 간의 종교나 교리 등으로 인해 심각한 갈등을 겪었다. 그로 인해 전쟁도 하는 나라들도 있었다.

게이트가 나타나고, 몬스터가 나오면서 인간들을 위협하게 되자 각국은 UN을 통해 공동의 적인 몬스터들을 몰아내기 위해 인간끼리 전쟁을 벌이지 않을 것에 합의하였다.

이전까진 각 나라들끼리의 문제에 잘 관여하지 않던 UN은 이례적으로 강력하게 제재를 하며 나서기 시작했다.

인류를 위협하는 몬스터가 아닌 주변국을 공격하는 행위는 인류의 생존을 위협하는 몬스터와 다를 바가 없다는 것이었다. 연합군을 편성한 UN이 인류의 생존을 위해 그런 나라가 생기면 지구상에서 지워 버리겠다는 발언을 한 뒤로, 각국 사이의 전쟁은 대부분 수그러들었다.

물론 바로 잠잠해진 것은 아니었다.

극심한 종교 갈등으로 이미 원수나 다름없는 이스라엘과 팔레스타인, 유대교와 이슬람교를 믿는 국가들 간의 첨예한 대립은 UN의 경고에도 쉽게 가라앉지 않았다.

이스라엘은 주변을 둘러싼 이슬람 국가들의 위협 속에서 살아남기 위해 언제나 호전적으로 주변 국가들에 대처했다.

초강대국인 미국의 경제를 쥐고 있는 유대인들을 통해 그들의 암묵적인 비호를 받고 있는 이스라엘은 마치 호가 호위하는 여우처럼, 그다지 국력이 강하지 않은 이슬람 국가를 상대로 보다 많은 땅을 차지하기 위해 전쟁을 벌였다.

결국 UN의 경고를 무시한 채 이스라엘과 이슬람 국가들은 계속해서 전쟁을 벌였다.

UN은 연합군을 통해 중재를 무시한 이스라엘을 비롯한 다른 국가들에게 본보기를 보여주었다.

실제로 군사작전을 펼친 것이다.

하지만 이조차도 그리 중립적인 태도는 아니었다.

당초 연합군이 설립된 의도대로라면 전쟁을 주도한 이스라엘을 먼저 처단해야 했을 것이다.

하지만 UN 내에서 막강한 파워를 자랑하는 미국의 주장에 의해 연합군은 도리어 피해 국가들을 공격했다.

연합군이 해당 국가들을 점령하는 사이, 이스라엘이 백기를 들었다. 막대한 피해를 입은 이슬람 국가에서는 울며 겨자 먹기로 무장해제할 수밖에 없었다.

그 뒤로도 UN은 소속 국가 간에 분쟁의 기미가 보이면 언제나 과격한 방법으로 해결을 하였다.

그 과정에서 많은 나라들이 자국의 안정을 위해 강대국의 눈치를 보게 되었으며, 게이트를 가진 나라들은 더욱 어려움을 겪게 되었다.

그 원인은 바로 게이트에서 쏟아져 나온 몬스터 때문이었다.

한편으로는 그것을 해결해 주겠다며 게이트의 운영권을

사들인 강대국과, 자신들의 이익을 위해 자국의 게이트 운영권을 판매한 부패한 정치인들로 인해 많은 나라들이 심각한 피해를 보았다.

물론 대한민국은 조금 달랐다.

대한민국은 그렇게 국력이 약한 나라가 아니었다. 전 세계에서도 10위 안에 들어가는 강국이다.

하지만 이 나라를 둘러싸고 있는 타국들이 문제였다.

대한민국이 자리하고 있는 한반도의 위치는 국경이 되는 압록강을 경계로, 북쪽과 서쪽으로는 대국이자 세계 3위의 군사력을 가진 중국이 있었다.

남쪽으로는 가깝고도 먼 나라인 일본이, 두만강을 경계로 북동쪽에는 러시아가 있다. 동쪽으로는 바다 건너 미국도 있었다.

미국은 동맹국이라 하나, 국제 관계상 대한민국에 우호적인 입장을 표방하고 있을 뿐이다. 정세나 판도가 어떻게 바뀌냐에 따라 돌아서지 않으리라고 맹신할 순 없었다. 국가 간의 이해관계는 그런 것으로 좌우되는 게 아니다.

포션 등으로 한국의 국제적인 위상이 높아진 것은 사실이다.

포션의 공급은 한정적인 데 비해 그것을 필요로 하는 사람은 많기에, 타국에서는 무조건 보다 많은 수량의 포션을 확보하기 위해 한국의 눈치를 보고 있었다.

하지만 언제까지고 포션만을 무기로 삼을 순 없다.

귀중하고 중요한 자원인만큼 위험성도 크기 때문이었
다.

전 세계가 몬스터의 위협을 받고 있는 지금, 여벌의 목숨
이나 다름없는 포션의 존재는 자칫 국가 간 전쟁까지도 벌
어질 수 있는 막중한 것이다.

UN이 있는 상황에서 함부로 전쟁을 벌이지는 않겠지만,
절대적으로 적용되는 법칙은 어디에도 없다.

정진은 포션에 이어 타이탄까지 새로 개발된 것에 사실
상당히 우려스러웠다.

지킬 수 있는 힘을 가지고 있을 때에야 보물이다. 만약
지킬 힘이 없다면 보물이 아닌, 불행을 몰고 올 우환거리일
뿐이다.

보다 높은 등급의 타이탄도 쉽게 개발할 수 있겠지만, 타
이탄이 전 세계적으로 이슈가 된 만큼 자국의 이익에 눈이
먼 어떤 국가가 대한민국을 노리게 될지도 모른다.

높은 등급의 타이탄은 대한민국에게 있어 지금으로서는
우환이나 마찬가지다.

정진은 다른 나라에도 보다 많은 타이탄이 보급된 뒤에나
나이트급 타이탄을 개발할 생각이었다. 그 편이 훨씬 안전

할 것이다.

아무리 공장이 있다고 해도 타이탄은 마구 찍어낼 수 있는 물건이 아니다.

특히 중심부인 엑시온을 제작하는 것은 누구에게 맡길 수도 없는 어렵고 비밀스러운 공정이다.

그러니 공장을 풀 가동한다고 해도 한 달에 10~15기 정도의 타이탄을 만들 수 있었다.

미국의 레기온 인더스트리처럼 정진이 아케인 클랜 내에서만 타이탄을 생산을 하려 하였다면 이 정도 수의 타이탄을 양산할 수도 없었을 것이다.

사실 오성이나 성대 그리고 신세기, 이 세 그룹과 함께 생산하고 있는 타이탄들 외에도 정진은 아케인 클랜 내에서 쓸 타이탄을 별도로 생산하고 있었다.

하지만 개인적으로 제작을 하려다 보니 그 수량은 그리 많지 않았다. 한 달에 고작 해봐야 세 기 내외가 고작이었다.

다만 위안이 되는 부분은 아케인 클랜에서 직접 제작한 워리어급 타이탄은 세 기업과 함께 제작하는 타이탄보다 오리지널에 더욱 가까운 성능을 낸다는 것이었다.

게다가 나이트급에 사용되는 기술을 일부 접목시켜 부족한 마나 전도율을 10% 정도 보정한 타이탄들이었다.

게다가 오성이나 성대 그리고 신세기 그룹이 제작하는 타이탄에는 대마법 방어 마법진을 그려 넣지 않았다.

　그것들은 전부 뉴 어스에서 몬스터를 상대로 사용할 목적으로 만들었다.

　즉, 대몬스터 병기로서만 사용할 것이다. 몬스터 중에도 마법을 사용할 수 있는 몬스터가 존재하기는 하지만 그런 몬스터는 극히 드물다. 또 그리 강력한 마법을 사용하지도 않는다.

　예외가 있다면 바로 전설의 존재인 드래곤을 들 수 있겠다.

　하지만 게이트 사태가 일어난 지 한참이 지난 지금까지도 드래곤을 보았다는 정보는 어디에도 없었다.

　그 외의 경우는 아티팩트를 찾아 던전을 탐사하던 헌터들이 가끔 발견하는 리치였다. 그때는 무척이나 조심을 해야 했다.

　하지만 리치 역시 타이탄으로 전투를 벌일 만한 몬스터는 아니었다.

　리치가 있는 곳은 좁고 어두운 던전의 내부다.

　그런데 타이탄은 기본적으로 10m가 넘는 크기를 가지고 있기 때문에, 타이탄을 탄 채 던전에 진입하기는 어렵다.

아무리 뉴 어스에 아직도 발굴되지 않은 던전이 수없이 많다고는 하지만, 10m나 되는 높이를 가진 던전 통로는 정말 흔하지 않다.

세 기업과 함께 제작하는 타이탄의 도면을 설계할 때, 정진이 대마법 방어 마법진을 그리지 않은 데는 이런 이유가 있었다.

굳이 필요도 없는 마법진을 새기며 시간과 노력을 낭비할 수 없었기 때문이다.

대마법 방어진을 그리지 않음으로써 얻는 이득도 있었다.

타이탄에 새겨진 마법진은 사용하지 않을 때에도 항시 엑시온에서 생산하는 마력을 소모한다. 마법진을 계속 유지하기 위해서다.

언제든 마법 공격을 받았을 때 곧바로 발동될 수 있도록 대기 상태를 유지하는 것이다.

물론 마법 공격을 받았을 때, 마법진이 발동되면서도 마력을 소모한다.

대마법 방어 마법진을 새기지 않는 것으로 불필요한 마력 소모를 줄일 수 있었다. 그것은 자연히 운용 시간의 증가를 가져왔다.

하지만 아케인 클랜의 타이탄에는 혹시나 하는 마음에 그것을 그려 넣었다.

그것도 아케인 제국의 마도가 접목된 클래스 형식의 마법진을 선택했다.

아케인 제국의 클래스 마법은 마법 문자인 룬을 바탕으로 조합을 통해 만들어진다.

이렇게 새겨진 마법진은 평상시에는 마력을 소모하지 않고, 발동될 때에만 일시적으로 마력을 끌어와 보다 적은 에너지로 강한 마법을 쓸 수 있었다.

정진이 개인적으로 제작한 타이탄들에 새겨진 대마법 방어 마법진은 타이탄의 에고가 마법 공격을 감지했을 때, 마법진 자체가 엑시온에서 마력을 끌어다 방어 마법을 실행한다는 장점이 있었다.

즉, 마법진을 새기기는 했지만 오리지널 타이탄에 비해 마력 소모가 훨씬 적었다.

"넌 하루라도 빨리 보다 나은 타이탄을 연구하고 싶겠지만, 난 그럴 수 없다."

"너희는 어째서 인류의 적인 몬스터를 두고도 인간끼리 싸우는 것이지?"

로난은 이해할 수 없다는 듯 고개를 갸웃거렸다.

"그럼 너희는 어째서 흑마법사들과 싸운 것인가? 뉴 어스에서 인류가 사라질 정도의 전쟁을 벌인 이유는?"

정진은 아무런 표정의 변화 없이 로난에게 질문을 던졌다.

하지만 굳이 답을 구하고자 한 것은 아니었다.

이미 무엇 때문에 그런 것인지 알고 있기 때문이다.

"그건……."

로난은 정진의 질문에 선뜻 답을 내놓지 못했다.

"…그렇군. 인간의 본성이라고 말하고 싶은 건가?"

로난이 침울한 얼굴로 중얼거렸다.

정진은 그에 대답하지 않고 몸을 돌려, 주전자에 물을 담아 끓이기 시작했다. 아무래도 혼자 생각할 시간을 주는 것이 좋을 것 같다.

그리고 잠시 후, 정진이 작업을 하던 테이블 위 빈 공간에 찻잔 두 개를 내려놓았다.

로난은 그때까지도 생각에 잠겨 있었다.

영혼만 남은 로난에게 타이탄에 대한 집착은 아마 존재 의의나 마찬가지일 것이다.

"인간은 언제나 투쟁한다. 인간의 삶 자체가 투쟁의 연속이다."

정진은 로난을 상대로 인간의 본성에 대한 강의를 하기 시작했다.

비록 그는 영혼만 남은 존재이지만, 정진은 마치 사람에게 설명을 해주듯 말했다.

이야기를 모두 들은 로난은 다시 고민에 빠져들었다.

인간의 본성에 대해 정진에게 들으면서, 로난은 자신이 마법을 수련하면서 깨달음을 얻기 위해 버렸던 인간의 본성에 대해 고찰을 하였다.

그런 로난의 모습에 정진은 더 이상 관심을 두지 않고 조금 전 내려놓은 연구를 다시 시작했다.

자신의 설명을 듣고 뭔가 깨달은 것이 있다면 다행이었다.

이제 겨우 30대에 들어선 정진.

그런 그가 8클래스 마스터라는 것은 마도 제국 아케인에서도 이례적인 일이다.

물론 젝토르와 제라드라는 훌륭한 스승이 있었기에 가능했던 성장이었으나, 마법에 대한 정진의 재능이 천재적이라는 것 또한 부정할 수 없는 사실이었다.

이는 정진을 가르친 젝토르와 제라드 또한 인정한 사실이다.

한참을 생각하던 로난이 마침내 고개를 들었다.

"지금의 사정이나 여러 가지를 생각할 때, 위험하고 어려운 일이라는 것은 이해했다. 하지만 그렇다고 해도 지금 하고 있는 것처럼 워리어급 타이탄을 개량하는 것보다는 보다 상위의 타이탄을 연구하는 것이 더 나을 것 같다."

정진은 고개를 저었다.

"로난, 네가 조금 전 내 말에 어떤 생각을 한 건지는 모르겠어. 하지만 인간의 욕심, 그리고 질투는 상상을 뛰어넘는 엄청난 집념이다. 네가 타이탄에 집착하는 것 또한 시작은 너의 집념에서 비롯된 것 아니겠어? 아직까지 네게 말하지 않았지만, 아케인 왕국 이전에 있던 고대 마도 제국이 멸망한 이유도 같은 맥락이었다. 마법의 본류인 그들조차 욕심이라는 것 하나로 멸망하고 말았다."

정진이 씁쓸한 얼굴로 설명하자, 로난의 표정도 진중해졌다.

"또한 내가 나이트급이나 챔피온급 타이탄을 연구하지 않는 이유는 또 하나 있다."

"그게 뭐지?"

"지구에는 그동안 타이탄이 없었기 때문에, 아직 워리어급 타이탄조차 제대로 보급이 되지 않은 상태라는 건 이미 얘기했었지."

"그렇지."

"지구는 현재 국경이 거의 고착화되어 있다. 그리고 뉴어스는 지구인들에게 있어서 새로 나타난 땅이지. 난 한시라도 빨리 아케인 클랜에서 쓸 수 있는 타이탄을 보급하여 뉴 어스를 개발하고 싶다. 장기적으로는 이주를 생각하고 있다. 그러니 적어도 뉴 어스에 자리를 잡을 수 있을 정도의 타이탄이 모두 보급되면, 그때는 굳이 워리어급 타이탄을 고집할 필요는 없지."

정진이 미소를 지으며 말했다.

이것은 로난을 설득하기 위해 일부러 꾸며낸 말이 아니었다.

정부로부터 북한 지역에 도시형 마법 방어진이 새겨진 대도시를 건설하는 의뢰를 받았을 때부터 계획하고 있던 생각이었다.

지구와 뉴 어스는 이제 더 이상 구분할 의미가 없다.

그동안 지구는 가족, 동료들과 함께 삶을 영위하는 공간으로, 뉴 어스는 그런 삶을 살기 위한 돈을 버는 곳으로 분리하여 생각하고 있었다.

하지만 뉴 어스에 북한 지역을 개발할 때 건설했던 대형 쉘터를 건설한다면, 굳이 지구와 뉴 어스를 구분할 필요가 없었다.

지구와는 달리 뉴 어스는 대기를 포함한 모든 자연에 마나가 풍부한 곳이다.

게이트가 출현하면서 지구의 상황도 많이 달라졌지만, 자연의 정화라고도 할 수 있는 뉴 어스의 환경과 비교할 수는 없다.

정진은 마도 제국 아케인의 마법을 전파하겠다는 꿈을 갖고 있다.

하지만 새로운 마법사를 양성하는 데 있어 지구는 그리 좋은 환경이 아니었다.

아직 수련을 하는 마법사들과 같은 경우, 지구와 같은 오염된 환경에서 만들어진 마나를 잘못 수련했다가는 위험해질 수도 있었다.

실제로 정은을 비롯한 동생들을 수련시킬 때도 그랬다.

지구의 집에 설치한 마나 집접진에서 수련할 때보다, 뉴 어스에 있는 타라칸의 둥지나 아케인 쉘터에서 수련할 때 훨씬 성취가 좋았던 것이다.

그렇다면 자신과 아케인 클랜의 주 활동 무대는 지구가 아닌 뉴 어스가 되어야 한다. 정진의 판단에는 이런 생각이 섞여 있었다.

정진은 기회가 닿는 대로 지금의 아케인 쉘터 같은 소형 쉘터가 아닌, 북한 지역에 건설한 것과 같은 초대형 쉘터를 만들 생각이었다.

그러기 위해선 클랜의 규모를 더욱 키우고, 더 많은 인제를 양성해야만 한다.

지금이야 뉴 어스가 아직 충분히 개발되지 않았고, 쉘터 건설에 착수할 시간이 없기에 어쩔 수 없지만 나중에는 반드시 뉴 어스로 이동할 계획이었다.

워리어급 타이탄은 나이트급에 비해 생산하기가 훨씬 쉬웠다.

타이탄을 개발한 왕국들이 나이트급이 아닌 워리어급 타이탄을 주력으로 했던 데는 이유가 있었다.

나이트급 타이탄이 워리어급 타이탄처럼 생산하기 용이했다면 굳이 워리어급을 주력으로 선정하지 않았을 것이다. 당연히 더 강한 나이트급만을 생산했으리라.

먼저 나이트급 타이탄을 생산하기 위해서는 같은 수의 워리어급 타이탄을 생산하는 것보다 30% 이상 더 많은 자원을 소모해야 한다.

둘째로, 나이트급 타이탄이 워리어급 타이탄보다 상위의 타이탄인 것은 사실이지만, 그렇다고 해서 무조건 나이트급 타이탄이 워리어급을 압도하는 타이탄이라고는 할 수 없었다.

성능에 차이가 있는 것은 사실이나, 타이탄은 마스터의 역량에 따라 크게 좌우된다. 어떤 사람이 탑승했는가에 따라 워리어급 타이탄도 얼마든지 나이트급 타이탄을 능가할 수 있었다.

실제로 최상급 익스퍼트급 기사가 워리어급 타이탄으로

나이트급 타이탄을 파괴한 사례도 왕왕 있었다.

타이탄은 타이탄에 탑승하는 마스터의 마력을 증폭시켜 움직이기 때문이다.

타이탄의 등급이 나눠지는 기준은 여러 가지가 있으나, 가장 큰 것은 장착된 엑시온이 마스터의 마력을 얼마나 더 증폭시킬 수 있느냐다.

이런 타이탄의 등급 차이는 사실 그리 크지 않았다.

가장 기본인 솔저급이 1의 출력을 가진다고 하면, 그 보다 상위에 있는 워리어급은 1.2~1.5의 출력을 가진다. 나이트급이라고 해도 1.6~1.9의 출력을 낸다.

챔피온급 타이탄은 2.0~2.3, 마지막으로 유일한 로드급 타이탄은 정확한 출력은 알 수 없지만 3.0 이상이라고만 전해진다.

그러나 이는 어디까지나 적당한 기준으로, 사실 솔저급 타이탄 중 출력이 1이 채 되지 못하는 타이탄도 허다했다.

그럼에도 불구하고 그런 솔저급 타이탄도 없는 영지가 당시에는 많았다.

타이탄은 무척이나 고가였기 때문에 가난한 영지는 감히 타이탄을 구매할 엄두도 내지 못했던 것이다.

가장 등급이 낮은 솔저급이라도 다른 타이탄과 마찬가지

로 엑시온이 필요하다. 그리고 엑시온에는 어쩔 수 없이 고가의 보석과 최상급 마나석이 들어가야 했다.

거기에 몸체는 미스릴 합금이기에 당연 비쌌다.

오래전 뉴 어스에 왕국들이 있을 때도 이러했는데, 현대의 지구에서 다시 나타난 타이탄은 어떻겠는가?

엄청난 자원을 쏟아 부어 만들었기에 그 가격은 아머드 기어와는 비교가 되지 않을 정도로 비쌌다.

아머드 기어가 시장에서 파는 질그릇이라면 타이탄은 장인이 손으로 빚은 백자였다.

이렇게까지 차이가 나는 이유는 타이탄의 압도적인 위력에 있었다.

아머드 기어가 중형 몬스터인 트롤과 일대일로 사냥이 가능하다면, 타이탄은 중(重)형 몬스터를 사냥할 수 있었다.

그것도 미노타우로스 같은 중(重)형 중에서도 하위에 속하는 몬스터가 아니라 자이언트 오거나 사이클롭스를 사냥할 수 있었으니 그 차이를 알 만하다.

물론 베테랑 아머드 기어 드라이버들이 팀을 이루면 자이언트 오거나 사이클롭스도 사냥할 수 있다. 하지만 이조차도 수 명의 희생을 전제해야 하는 위험한 사냥이었다.

하지만 타이탄은 솔저급이나 워리어급을 구분할 필요
도 없이 이런 상위 몬스터들을 사냥할 수 있었다. 타이
탄 여럿이 모이면 대형 몬스터도 사냥이 가능할 정도였
다.

Chapter 4

정보 조직 블루 뱀브

　신림동 아케인 클랜의 본부인 아케인 빌딩이 보이는 맞은
편 빌딩의 7층 사무실. 불도 켜지지 않은 그곳에 일단의 사
람들이 모여 있었다.

　창문은 짙은 색의 블라인드로 가려져 외부에서는 그곳에
사람이 있는지조차 알아볼 수 없었다. 그들은 모두 아케인
빌딩을 감시하고 있다.

　덜컹!

　갑자기 문이 열리면서 누군가 들어왔다.

　하지만 이들은 누군가 들어온 것에 신경도 쓰지 않고 블
라인드를 살짝 젖힌 채 계속해서 아케인 빌딩만 주시하고

있었다.

이들이 들고 있는 망원경은 참으로 특이했다.

마치 천체망원경처럼 생겼는데, 주변에는 무엇인지 알 수 없는 여러 가지 기기들이 부착되어 있었다. 한눈에 봐도 그것이 고가의 특수한 장비란 것을 알 수 있었다.

"운, 아직도 찾지 못했어?"

사무실 안으로 들어온 것은 바로 송소림이었다.

그녀는 망원경으로 아케인 빌딩을 감시하던 사람들 중 하나인 남자를 향해 물었다.

트레이닝복에 헤드셋을 목에 걸고 있는 운은 평범하고 인상에 남지 않는 얼굴에, 언뜻 보면 이 동네에 거주하는 주민 같았다. 정보 조직원이라고는 상상하기 어려운 모습이었다.

"그렇습니다."

"아니, 벌써 들어간 지 이틀이나 되었는데, 설마 저기서 숙식을 해결하는 거야?"

송소림이 어처구니없다는 듯 말했다.

"팀장님, 그런데 이상한 것이 하나 있습니다."

"이상한 것이라니?"

운은 망원경에서 눈을 떼며 송소림을 돌아보았다.

"그게, 아케인 클랜의 빌딩 안으로 들어가는 사람의 숫자와 나오는 사람의 숫자가 맞지 않습니다."

"그게 뭐가 이상하다는 건데?"

송소림이 고개를 갸웃거렸다.

그녀가 알고 있는 아케인 클랜의 정보에 의하면, 몬스터 헌터와 사무직을 합쳐 3천 명이 넘는 대형 클랜이다.

특히나 요 근래는 무슨 이유에서인지 나이가 어린 아이들도 자주 아케인 빌딩을 드나들었다.

처음에는 그저 헌터인 부모를 따라 아케인 빌딩을 구경하러 들어가는 것이라고 생각했다.

예전에도 아케인 클랜에선 미취학 아동이 있는 직원들을 위해 빌딩 내에 탁아소를 운용을 하고 있어, 많은 직원이나 헌터들이 아이들을 그곳에 데려오곤 했으니까.

그러한 부분도 알고 있는 송소림으로서는 그것이 뭐가 이상하다는 것인지 이해할 수가 없었다.

하지만 운은 고개를 저으며, 옆에 있던 노트북을 들어 올렸다.

"저와 풍, 그리고 염은 아케인 빌딩에 출입하는 사람들의 모습을 모두 파악을 하고 기록했습니다. 여기 이것을 보십시오. 여기 있는 사람들은 3일에 한 번씩만 빌딩을 나오고, 또 여기 있는 이들은 일주일에 한 번 정도만 보이고 있습니다. 특히……."

운이 보여주는 사진과 자료에는 아케인 빌딩에 출입하는 사람들의 사진이 찍혀 있었다.

그의 이야기를 듣던 송소림 역시 기묘한 표정을 지었다. 다 정리해 놓고 보니 이상한 점이 한두 가지가 아니었다.

어른들이라면 야근 때문에 하루나 이틀 퇴근을 하지 않을 수도 있다.

그런데 사진에는 아케인 클랜의 헌터들뿐만 아니라 그들의 아이들도 일부이긴 하지만 며칠씩 빌딩 밖으로 나오지 않았던 것이다.

"설마 아케인 클랜이 아이들을 대상으로 무슨 실험을 하고 있다는 거야?"

"왜 그런지는 알 수 없습니다. 하지만 너무 이상하지 않습니까?"

송소림이 고개를 끄덕였다.

조사에 착수할 때만 하더라도 아케인 클랜이 이렇게까지 베일에 싸인 조직일 거라고는 상상하지 못했다.

처음 송소림이 놀란 것은 아케인 클랜이 아티팩트만이 아니라 포션까지도 제작하고 있다는 것이었다.

물론 대형 클랜인 이상 내부적인 비밀 한두 가지 정도는 없을 수가 없다. 하지만 포션 제작을 하고 있다니, 이건 대한민국은 물론 세계가 뒤집어질 일이었다.

아케인 클랜은 조사하면 할수록 더욱 의뭉스러운 곳이었다.

최근 조사한 정보대로라면, 아케인 클랜은 타이탄을 제작하고 있을 것이다.

어렵게 그 사실을 알아내고 나서, 송소림은 다리가 떨리는 듯했다. 국가도 아니고 클랜 하나가 이런 비밀을 품고 있다는 것에, 그리고 수상한 것은 이것만이 아니라는 것이 정보 조직원으로서 오래 활동한 그녀를 전율케 했다.

처음 시작은 헛소문처럼 항간에 떠도는 루머였다.

오성 그룹, 성대 그룹, 그리고 신세기 그룹만으로는 타이탄을 만들어낼 수 없다는 것.

루머가 돌 만도 했다. 한국에서 내로라하는 대기업들이지만 타이탄과의 연관성은 전혀 찾을 수 없고, 개별적으로 연구를 하고 있다는 증거도 없었기 때문이다.

사람들은 오성, 성대, 신세기 그룹이 아닌 모종의 조직이 타이탄 제작법을 주고, 그들의 뒤에서 움직이고 있는 게 아니냐고 추측했다.

이 가설이 그럴듯하다고 생각한 사람들은 그 모종의 조직이 대체 어디인지를 추리하기 시작했다.

그중에는 아케인 클랜의 이름도 있었다.

물론 그것을 믿는 사람들은 극히 적었다. 아무리 대단하다고는 하지만 일개 헌터 클랜에서 이런 대규모 사업을 주도할 수 있을 정도의 연구를 했을 리 없다고 생각한 것이다.

믿는 사람들 또한 비밀리에 정부에서 타이탄을 발굴했다거나, UN에서 개입했다는 둥 음모론을 펼쳤다.

송소림은 원래 이 이야기를 믿지 않는 축이었다.

그런 허무맹랑한 루머보다는 타이탄을 생산하는 3대 그룹의 타이탄 공장을 조사해 정보를 빼내는 것이 훨씬 값지다고 생각하고, 그쪽에 집중했다.

하지만 조사를 하는 중 이상한 점을 발견하게 되었다.

바로 타이탄의 심장이라 할 수 있는 엑시온에 대해서는 그 어떤 정보도 없다는 것이다.

타이탄 공장에 침투를 하여 타이탄의 설계도를 복사하고, 관광객으로 위장하여 타이탄의 조립 공정을 견학하기도 했다. 하지만 그 어디에도 엑시온에 관한 것은 없었다.

그제야 그들은 이들 3대 그룹이 타이탄을 개발한 것이 아니라 누군가에게 제작법을 배웠다는 그 소문이 맞을지도 모른다는 결론을 내리게 되었다.

그렇지 않고서야 가장 핵심이 되는 부품에 관한 설계도가 없다는 것이 말이 되지 않기 때문이다.

아무리 안전 금고에 보관한다고 해도, 보이지 않는 곳에

숨긴다 해도 어딘가에 존재하기만 한다면 자신들이 그것을 찾아내지 못했을 리 없다.

마음만 먹으면 대통령이 오늘 무슨 속옷을 입었는지까지 알아낼 수 있는 능력을 가지고 있는 것이 바로 정보 조직, 블루 뱀브의 힘이다.

그런데 아무리 조사를 해봐도 3대 그룹과 관련된 곳에서 엑시온에 대한 것은 알아낼 수 없었다.

다만 그들은 조사를 하던 중, 3대 그룹 모두가 아케인 클랜과의 계약서를 보유하고 있다는 것을 우연히 알게 되었다.

그 뒤로 송소림을 비롯한 조직원들은 모두 아케인 클랜을 24시간 감시하고 있었다.

정말 루머대로 아케인 클랜이 타이탄을 개발했고, 3대 그룹에 제작법을 넘긴 것이라면 다른 곳에도 기술 이전을 할 수 있을 것이다.

그렇게 판단한 그들은 클랜장인 정진과 접촉하기 위해 부단히 애를 썼다.

하지만 우연인지 알고서 그러는 것인지, 좀처럼 정진과 만날 수가 없었다.

그렇다고 공공연하게 아케인 클랜에 찾아갈 수도 없었다.

섣부른 행동을 하면 경쟁 조직에서 곧바로 눈치채게 될

테니 눈에 띄는 것은 아무것도 할 수가 없었다.

어떻게든 자신들이 알아낸 정보를 최대한 숨기려 하니, 운신이 제한될 수밖에 없었다.

정보를 알아내 판매하는 일은 필연적으로 많은 적을 만들게 된다. 눈에 띄게 행동하면 조직을 위험하게 만들 수 있었다.

그것은 송소림이 몸담고 있는 조직의 특징이기도 했다.

그들은 최대한 암중에 숨어 정보를 신중하게 움직이고 있었다.

이것이 그들이 세계 3대 정보 조직이라 불리게 된 배경이기도 했다.

"대체 왜 조직원들이 들어갔다 하면 실종이 되는 거지. 계속 이대로 외부에서 지켜볼 수밖에 없단 말이야? 안에 대체 뭐가 있길래⋯⋯."

송소림은 아케인 빌딩을 쳐다보며 그렇게 중얼거렸다.

사실 지금까지 세 차례나 아케인 클랜의 비밀을 알아내기 위해 조직원들이 침투했다.

하지만 그 누구도 돌아오지 못했다.

죽었는지 아니면 붙잡혀 어딘가에서 고문을 당하고 있는 것인지조차 알 수 없었다.

다른 조직 같으면 실종된 베테랑 요원들의 복수를 위해서 뭔가 조치를 취했겠지만, 그럴 수도 없었다.

'약점이 없어.'

송소림이 입술을 깨물었다.

정보 조직을 운용하다보면 많은 인맥을 형성하게 된다.

현대 사회에서 정보는 곧 힘. 그들은 힘을 가지길 원하는 사람에게 정보를 주고, 그들과 인연을 맺는다.

돈을 벌면서 동시에 또 권력의 한 축을 손에 쥐는 것이다.

하지만 아케인 클랜을 흔들기 위해선 대체 어느 선까지 손을 뻗어야 할지 가늠할 수조차 없었다.

국가로부터 북한 지역을 개발하는 대형 프로젝트를 의뢰받을 정도로 신뢰가 높다. 연줄을 댈 구석이 없는 것이다.

그게 아니더라도 포션과, 아직 정확히 알 수는 없지만 타이탄을 개발할 정도의 능력을 가진 곳이다.

어떻게 건드려야 할지 감도 잡히지 않았다.

막말로 아케인 클랜이 포션을 생산하지 않게 된다면, 대한민국은 물론이고 전 세계적으로 큰 혼란이 야기될 것이다.

포션은 헌터뿐만 아니라 일반인, 특히 권력을 가진 이들에게는 없어선 안 될 너무도 소중한 물건이었다.

질병으로 인한 사망이 아닌 외상으로 인한 사고사는

90% 이상 막을 수 있다.

그 자리에서 즉사를 하게 된다면 모를까, '불로'는 아니더라도 '불사'까지는 가능해지는 것이다.

그러니 수중에 있다고 해서 만족할 사람은 아무도 없었다.

어떻게 해서든 더 많은 포션을 확보하려고 노력하기 마련이다.

결국 포션의 제조법을 알아내지 않고서는 아케인 클랜을 건들 수 없었다.

자칫하면 포션 제조법이 완전히 사장되어 버릴 수 있기 때문이다.

함부로 시도를 했다가는 아케인 클랜에 의해서가 아니라, 그런 세계적인 권력자들에 의해 매장될 것이다.

조직의 상층부에서도 자신들의 안전을 위해 포션 한두 개 정도는 모두 가지고 있을 것이다. 조직 자체적으로도 포션의 제조법을 알아내기 전까지는 굳이 아케인 클랜과 척을 지려고 하지는 않을 것이다.

타이탄에 관한 정보는 포션만큼이나 중요하다.

타이탄의 설계도와 제작법만 알아낸다면 아머드 기어가 처음 등장하면서 그랬던 것처럼 세상의 재화를 모두 거둬들일 수 있을 것이다.

지금이야 타이탄의 등장으로 아머드 기어의 인기가 떨어지고 있기는 하지만, 아직도 아머드 기어는 비싼 값에 팔리고 있다.

타이탄 판매가 시작되었다고는 하지만 아직까지 그 보급률이 턱없이 부족하기 때문이다.

이때 만약 타이탄 제작법을 알아낼 수만 있다면, 조직은 굳이 정보를 판매하지 않고 따로 타이탄 생산 공장을 차릴 것이다.

정보로서의 가치가 상상 이상으로 중요하기 때문에, 팔아넘기는 것보다 직접 사용하는 것이 훨씬 이득이다.

정보 조직이라고 해서 정보 판매만 하는 것은 아니다.

자신들이 알아낸 정보를 바탕으로 누구보다 쉽게 사업을 벌여 이득을 남길 수 있기 때문이다.

타이탄 생산이라면 지금까지의 수익을 모두 합친 것 이상을 벌어들이고도 남을 것이다.

송소림은 이런 생각을 하면서 계속해서 아케인 빌딩을 주시했다.

†　　　　†　　　　†

한편 정진은 이미 뉴 어스의 아케인 아카데미에서 아이들을 가르치고 있었다.

정진은 타이탄 연구로 바쁜 와중에도 하루 1시간씩 시간을 내서 정은과 정수, 그리고 정수의 부인이 된 이수연을 가르치고 있었는데, 틈틈이 새롭게 마법에 자질이 있는 아이들도 가르쳤다.

물론 아이들은 동생들이 거쳐 간 학습 장치를 이용해 주로 교육을 받고 있고, 마나를 몸에 축적시키는 마나심법 위주로 가르치고 있었다.

"형!"

"왜?"

정진은 조금 피곤한 표정으로 자신을 보고 있는 정수를 돌아보았다.

"당분간이라도 타이탄 제작에 수연이는 좀 **빼주면** 안 돼?"

아닌 게 아니라 수연의 얼굴은 정수 이상으로 피곤해 보였다. 다크서클이 광대까지 내려와 있었다.

"음……."

잠시 수연의 얼굴을 들여다본 정진은 자신도 모르게 침음을 흘렸다.

하기는 요즘 개인 수련에 새롭게 마법을 배우는 아이들을 돌보는 일, 그리고 타이탄의 엑시온 제작에 참여하는 일까지 하느라 수연은 몸이 두 개라도 모자를 정도로 바빴다.

물론 그건 다른 사람들도 마찬가지다. 하지만 수연은 정은이나 정수에 비해 클래스가 낮았기에 더 힘들 것이다.

"제수씨."

"네, 부르셨어요?"

한쪽에 있던 수연이 다가왔다.

"너무 피곤해 보이는데, 당분간 모든 업무에서 벗어나 휴식을 가지세요."

정진은 수연을 보며 휴식을 취하라 말을 하였다.

하지만 수연은 고개를 저었다.

그럴 수 없었다. 자신이 쉬게 되면 정수나 정은이 더 힘들어질 것을 알고 있었기 때문이다.

"아니에요. 저 괜찮아요."

"아직 충분히 여유가 있으니 돌아가면서 휴식을 취할 겁니다. 차례대로요."

정진은 수연이 자신의 말에 거부를 하자 얼른 핑계를 댔다.

사실 다른 사람들과 다르게 자신이나 정은과 정수 그리고 수연은 이렇다 할 휴가를 가본 적이 없었다.

아케인 클랜은 아무것도 없는 상태에서 뜻이 맞는 사람들끼리 모여 만들어졌다.

그러다 보니 초기에는 클랜을 추스르느라 정신이 없었다.

클랜을 기반에 올리기 위해 아티팩트를 만들고, 포션을 개발하고, 몬스터 웨이브를 막아내고, 안전한 거점을 위해 뉴 어스에 쉘터를 만들기도 했다.

이 모든 과정에서 마도사인 정진과 정은, 정수 그리고 수연이 빠질 수 없었다.

비록 세 사람은 자신이 하는 일을 보조하는 일을 맡았다고 하지만, 그렇다고 해도 네 명밖에 되지 않는 인원이 처리하기에는 힘든 일이었다.

클랜이 어느 정도 궤도에 올랐다고 생각하니 이번에는 타이탄 제작 문제가 떨어졌다.

정은이나 정수, 그리고 수연은 개인 수련과 아이들을 가르치는 시간이 끝나면 하루 종일 마법의 불을 이용해 쇠와 마정석, 그리고 몬스터의 뼈를 합성하는 일을 하고 있었다.

절대로 실수가 있어선 안 되는 아주 중요한 작업이기에, 정신을 집중해 작업을 하다 보면 상상 이상으로 피곤해지곤 했다.

정진은 새삼스러운 얼굴로 동생들을 둘러보았다. 모두 피곤한 기색이 역력한 얼굴로 움직이고 있었다.

"이참에 우리들도 정기적으로 휴식을 취하는 것으로 하자."

정진이 말했다.

"그래도 되겠어? 클랜 내에서 소비하는 엑시온을 제작하는 것을 늦춘다 해도 계약을 한 기업들에게 줘야 할 엑시온의 숫자도 만만치 않은데……."

정은이 조심스럽게 이야기했다.

정진의 제안은 너무도 반가운 게 사실이었다.

하지만 동시에 기업들과 계약한 엑시온의 숫자를 맞출 수 있을지 걱정이 되기도 했다.

"그건 걱정하지 마. 내가 알아서 할게. 그보다 휴가 계획이나 짜 봐."

정진은 미소를 지으며 그렇게 말하다, 뭔가 생각이 난 듯 고개를 모로 기울였다.

"이참에 엔지니어들도 휴가를 줘야겠다. 어쨌든 그렇게 알고 모두 한 번 쉬도록 하자. 정기 휴일은 어떻게 할지 좀 더 얘기해 보고."

정수가 고개를 끄덕이며 수연을 토닥였다.

많이 피곤했을 텐데, 가족의 일이기에 아무런 불평도 없이 지금까지 따라와 준 것이 너무도 미안하고, 또 고마웠다.

정은과 정수, 그리고 수연이 일과를 끝내고 돌아갔다.

혼자 남은 정진은 앞으로의 계획을 다시 한번 점검해 보았다.

"내가 너무 앞만 보고 달려온 것 같네……."

작게 중얼거린 정진은 노트를 꺼내 뭔가를 적기 시작했다.

정진은 진지하게 앞으로 자신이 해야 할 것들, 그리고 아케인 클랜이 앞으로 나아갈 방향에 관한 사항들을 하나씩 적었다.

시간이 흐르고, 밤이 깊어서야 정진은 펜을 내려놓고 적은 것을 다시 한번 살펴보았다.

예전에 쓴 것이 있기는 했지만 상황이 바뀌었으니 다시 새롭게 작성하는 것도 좋은 일이다.

정진은 작성한 것을 다시 꼼꼼히 살피며 수정할 것은 다시 수정하고, 순번을 매겨 어느 것이 더 중요한지 헤아렸다.

"됐다."

정진이 그렇게 자신이 적어놓은 버킷 리스트를 들여다보고 있을 때, 그의 목에 걸려 있던 목걸이에서 마나가 유동을 하면서 로난이 밖으로 나왔다.

"뭘 하고 있었나?"

로난은 사실 정진이 너무도 진지하게 뭔가를 하고 있기에 진즉 나오고 싶은 것을 지금껏 참고 있었다. 목걸이 안에서 정진의 일이 끝날 때까지 조용히 기다렸던 것이다.

그리고 정진이 모든 일을 마치자 궁금증을 참지 못하고 나온 것이다.

"응, 앞으로 내가 해야 할 버킷리스트야."

"그게 뭐지?"

로난이 처음 듣는 단어에 고개를 갸웃거렸다.

"자신이 죽기 전에 해야 할 것들을 적어놓은 메모지. 난 중요도 순으로 정리해서 적었어."

하지만 로난은 더 기묘한 표정을 지었다.

"왜 그런 걸 적고 있는 건가?"

자연의 마나와 친한 마법사가 깨달음을 얻어 경지가 오르면, 그 육체 또한 깨달음에 맞게 변한다.

5클래스에서 6클래스로 넘어갈 때 한 번, 그리고 7클래스에서 8클래스로 넘어갈 때 또 한 번 변화를 겪게 된다.

이는 클래스 마법이 아니라 서클 마법에서도 마찬가지였다.

차이가 있다면, 서클 마법은 클래스 마법에 비해 바디 체인지가 일어나는 시기가 늦다는 것이다. 5에서 6이 아닌,

6서클에서 7서클로 넘어갈 때 바디 체인지를 하는 것이다.

그리고 다시 8서클에서 궁극의 경지라는 9서클로 넘어갈 때 바디 체인지를 한다.

로난은 중간에 수명이 다 되어 자신의 염원을 이루기 위해 한계에 달한 육체를 버리고, 자신의 영혼을 드래곤 하트 조각에 봉인함으로써 강제로 9서클이 된 케이스였다. 때문에 그는 두 번째 바디 체인지를 겪지 않은 상태였다.

세월이 흐르고, 오랜 시간 동안 타이탄과 마법을 연구했지만 그는 아직 9서클을 완성하지 못하고 익스퍼트로 남아 있다.

"지금 네 수명이라면 앞으로 300년은 더 살아 있을 것 아닌가. 왜 그런 것을 준비하는 건가?"

정진은 로난이 본 최고의 천재였다.

자신이 익힌 서클 마법과 고대의 클래스 마법을 똑같이 비교할 수는 없겠지만, 궁극이라는 9서클에 오른 자신과 비교해도 별반 차이가 없는 경지였다.

9서클 익스퍼트인 자신과 마법 대결을 한다고 해도 자신이 무조건 이긴다는 보장이 없을 정도였다. 정진의 마법적 지능은 너무도 뛰어났다.

자신은 인간에게 있어서는 영원에 가까운 시간을 영혼 상태로 머물고 있다. 그동안의 마법 수련으로 그는 존재할 수 있는 모든 마법 조합을 연습했다고 생각했다.

하지만 정진에 대해 알면 알수록, 그는 자신의 생각이 착각이었음을 깨달았다.

처음 조우했을 때 느낀 마법의 위력이나 조합만 해도 정말 대단했다.

그래서 당시 정진과의 대결을 중단했던 것이다.

자신보다 마법의 경지가 아래라고 판단이 들었다면 어떤 수단을 걸어서라도 정진을 제압해 서번트로 만들었을 것이다.

어차피 자신은 계속해서 타이탄을 연구하는 것 외에는 관심 없었다. 굳이 위험을 무릅쓰고 강자와 결판을 내려고 할 필요는 없다는 판단이었다.

로난은 계속 의아한 얼굴로 보고 있었지만, 정진은 개의치 않는 듯했다.

"나도 내 수명이나 기억력이 나쁘지 않다는 건 잘 알지. 하지만 이렇게 써 놓으면 확실하게 목적의식도 생기고, 직관적으로 알 수 있잖아."

정진의 말에 로난은 고개를 끄덕이면서도 여전히 의문을 지우지 못했다.

무언가를 기억하는 것은 마도사들에게 있어 너무나 쉬운 일이다.

8클래스 정도의 경지에 있는 정진이 이 정도의 내용을 잊어버릴 가능성은 0에 수렴한다.

굳이 이런 것을 외워두고 할 시간에 다른 마법식이나 마법진의 식을 연구하여 익히는 것이 이득이란 생각이 들었다.

"다 적었으니 이젠 타이탄을 연구해야지 않겠나."

로난은 금방 관심을 끊고 다시 타이탄 연구에 관심을 두었다.

정진이 막 생각났다는 듯 말을 꺼냈다.

"음, 그거 말인데. 현재 클랜 내에 마법사의 인원이 너무 부족해서 그런데, 엑시온을 빠르게 제작하는 방법은 정말 없는 거야?"

정진은 동생들과 수연의 피로한 모습을 떠올렸다.

인원이 부족하면 부족한 대로 어떻게든 방법을 찾아야 한다는 생각에, 타이탄에 관해서 가장 잘 알고 있는 로난에게 물어본 것이다.

"엑시온 제작을 보다 간편하게 하는 방법이라… 없는 것은 아니지."

"그래?"

사실 별로 기대 없이 한 질문인데 방법이 있다고 하자, 정진은 화색을 띠었다.

"다만 그렇게 하면 마력의 누수가 생기게 되어, 별로 좋은 방법이라고는 할 수 없다."

"마력의 누수?"

"그래, 그리고 출력 또한 조금 떨어질 거다."

로난은 타이탄 제작자로서 성능이 떨어지는 엑세온의 제작은 찬성하지 않는다고 말했다.

하지만 정진의 생각은 달랐다.

그의 입장에선 완벽한 타이탄보다는 타이탄을 제작하는 자신과 동생들이 우선이었다.

정진 또한 마법사의 인원이 지금보다 많았다면 굳이 로난에게 다른 방법이 있는지 물어보지 않았을 것이다.

그렇지만 현재 세상에 존재하는 마법사다운 마법사는 자신을 포함한 네 명이 전부였다. 그중 자신을 제외한 모두가 과로로 시달리고 있었다.

마나를 수련하여 보통 사람들의 수 배 이상, 마정석의 에너지를 주입받는 헌터들보다도 건강한 그들이 만성피로에 시달리고 있다는 것은 일반적으로 상상하기 어려울 정도로 업무가 과중되고 있다는 뜻이나 마찬가지다.

현재 정은이나 정수, 그리고 수연에게는 반드시 휴식이 필요했다.

"그 부분은 상관없다. 방법이 있다면 가르쳐 줘."

로난은 싫은 표정이었지만, 정진이 워낙 완고했기에 어쩔 수 없이 입을 열었다.

"엑시온에 들어가는 마법진을 마법사들이 직접 그리지 않고, 주물로 찍어내거나 다른 세공사들에게 맡기면 된다."

로난은 뭐가 그리 못마땅한 것인지 결국 알려줄 것이면서도 투덜거렸다.

'그런 방법이 있었군. 굳이 마법의 불을 이용해 마법사가 마법진을 새길 필요가 없었어……'

정진도 이미 알고 있던 방법이다.

아케인 클랜의 전신인 사냥 팀을 꾸렸을 때, 매직 웨폰을 대량으로 만들어 팔기 위해 사용했던 방법이었다.

여러 대장간에 의뢰를 하여 대략적인 마법진의 뼈대까지 갖춰진 양산형 무기를 만들고, 자신은 그 위에 세부적인 마법진의 내용을 새기고 마정석을 설치하는 일만 했다.

아마 이런 방법으로 엑시온을 제작한다면 많은 작업이 생략될 것이다. 아마 그렇게 되면 지금보다 훨씬 많은 엑시온을 제작하면서도 시간적 여유가 생길 것이다.

"세공사가 아무리 정확하게 마법진을 새긴다 해도 마법사가 새긴 것보다는 정확하지 않다. 그래서 원래의 성능보다는 떨어지는 것이지. 그리고 이런 방법으로 만들 수 있는 것은 솔저급 타이탄뿐이다."

로난이 불만스러운 듯 말하자, 정진은 미소만 지었다.

지구의 기술이라면 세공의 영역을 뛰어넘은 정교한 작업이 가능하다.

물론 최첨단 장비를 설치하기 위해서는 많은 돈이 들겠지만, 아케인 클랜은 그런 세공 장비를 몇십, 몇백 대 이상들여올 수 있을 정도로 여유로웠다.

그러니 그것은 걱정할 필요가 없다.

아직도 로난은 마법이 아닌 것에 대해 하찮게 보는 경향이 있었다.

'그래. 그렇게 하면 조금은 편하게 작업을 할 수 있겠군.'

정진은 바로 버킷리스트에 조금 전 로난에게 들은 부분을적어 넣었다.

사실 엑시온을 네 명이서 제작을 한다는 것은 쉬운 일이아니었다.

정은이나 정수는 얼마 전 6클래스 유저에 들어섰지만, 아직까지 수연은 5클래스 익스퍼트일 뿐이다.

그나마 자신이 지치지 않고 엑시온 제작에 참여하고 있으니 가능한 일이었다.

고민거리가 해결이 되었으니 이만 집으로 갈 시간이다.

자리에서 일어난 정진은 로난을 보며 물었다.

"난 이만 집으로 가려는데, 여기 있을 거야?"

"네가 간다면 나도 간다."

어차피 로난은 정진이 걸고 있는 목걸이에 종속이 된 상태라 따라가야만 했다.

그런 것을 알면서도 물어보는 정진이 살짝 얄밉게 느껴지는 로난이었다.

†   †   †

덜컹!

급하게 문이 열리고 한 사람이 안으로 뛰어 들어왔다.

"돌아왔다고?"

송소림은 문을 열고 안으로 들어오자마자 물었다. 커피를 마시며 망원경을 들여다보고 있던 운이 돌아보았다.

"예, 조금 전 아케인 빌딩에서 나오는 것을 확인했습니다."

"그래?"

운의 대답을 들은 송소림은 잠시 멈춰 뭔가 생각에 잠겼다.

†   †   †

"더 이상 요원들의 희생을 늘리는 일은 허가하지 않겠다."

"하지만 분명 아케인 빌딩 내부에 뭔가 비밀이 있는 것이 분명합니다."

송소림은 상급자의 말에 절박한 심정으로 사정했다.

희생자만 내고 아무런 성과를 내지 못한다면 분명 조직 내에서 문책이 내려올 것이 뻔했다.

하지만 그는 단호하게 고개를 저었다.

"네 무모한 시도로 베테랑 요원을 다섯 명이나 잃었다. 그런데도 또다시 희생자를 낼 수 있는 위험한 시도를 한단 말이냐? 지금부턴 일절 이 일에서 손을 떼라."

"하지만……."

"상부의 방침이 바뀌었다. 더 이상 희생자를 내면서까지 그렇게 하지 않아도 된다."

"네?"

갑자기 분위기가 반전되자 송소림이 어리둥절한 표정을 지었다.

하기는 그녀만큼 유능한 요원도 조직 내에 드물었다.

이제 겨우 30대 초반의 나이로 한 나라의 모든 정보를 맡아 커버하는 일은 결코 쉬운 일이 아니다. 특히나 최근

국제사회에서 이슈로 떠오른 대한민국이니만큼.

상급 관리자인 그의 입장에서도 실패가 뻔히 보이는 일에 그녀를 투입하는 것은 비효율적인 일이었다.

임무에 실패해 정보를 알아낼 수 없다고 해도, 투입된 돈만큼 손해를 볼 뿐이다.

하지만 섣부른 행동을 했다가 이쪽의 정보가 흘러 나가거나, 송소림 정도의 요원을 잃는 것은 상상 이상의 막대한 손해였다.

송소림만큼의 역량을 가진 요원을 키워내기 위해서는 임무 실패와는 비교도 할 수 없을 정도로 많은 자원이 필요했다. 들어가는 돈도 돈이지만, 조직의 완전한 일원으로서 거듭나기까지 상당한 시간이 필요하다.

그리고 정보 조직에 있어 시간은 값어치를 따지기 어려운 재화다.

상급자인 그가 그녀의 요청을 거부하고 이 임무에서 빼내려는 것은 그런 맥락에서였다.

괜히 송소림이 계속 실수를 하여 조직 내 경쟁자들에게 빌미를 제공하지 않도록 하기 위함이었다.

이쯤에서 제동을 걸 필요도 있었다. 조직 내에서 송소림을 시기하는 자들의 불온한 움직임이 있었던 것이다.

그동안 송소림은 조직 내에서 별다른 일 없이 상당히 순

탄하게 성장한 면이 없지 않아 있었다. 순전히 운과 실력이었지만, 그런 점을 질투하는 무리가 생기는 것도 당연했다.

송소림의 요청을 거절하고 임무를 실패로 처리하여 송소림이 조직의 푸시를 받고 잘나가는 것이라는 오해도 없애고, 그녀를 시기하는 무리들도 조금 잠잠하게 만들자는 생각이었다.

실패에서 얻는 교훈도 있을 테니, 그 원인을 찾아 극복하는 과정에서 송소림도 보다 성장할 수 있으리라.

"그는 너도 알고 있다시피 마법사다."

송소림은 상급자의 말에 더 이상 대꾸를 하지 않고 그의 말을 경청하였다.

"요원들이 그곳에 들어가면 실종이 되는 것은 아무래도 그가 그곳에 펼쳐 놓은 마법 때문이 아닌가 생각된다."

그 부분은 송소림을 비롯한 다른 요원들도 추측하고 있는 바였다.

"상부에서는 더 이상 그를 자극하기보다는 협상을 해보기로 했다."

"협상? 협상을 한다구요?"

송소림은 갑자기 생각지도 못한 단어가 나오자 놀란 눈으로 그를 쳐다보았다.

"너도 들었을 것이다. 오성 그룹과 성대 그룹, 그리고 신세기 그룹에서 타이탄을 생산한다는 것을 말이다."

"물론입니다. 그것들이 모두 아케인 클랜에서 나왔을 것이란 판단을 한 것이 저 아닙니까?"

송소림은 자신의 정보 수집처인 송림정에서 일을 하면서 아케인 클랜의 클랜장인 정진이 헌터 협회장 이기동이나 헌터 관리청 청장인 박용욱과 만나는 것을 몇 번 목격했다.

그때마다 대체 무슨 얘기를 하는지, 내부에 설치된 감청 시스템을 통해 알아보려고 했지만 아무것도 알아낼 수가 없었다.

어째서인지 정진만 있다 하면 감청 시스템이 전부 먹통이 되어버렸던 것이다.

"어떤 조건으로 계약을 했는지는 모르겠지만 아케인 클랜이 타이탄을 개발했다고 가정할 때, 그들은 이미 그 세 기업에 타이탄 제작법을 넘긴 것이다."

"그렇군요."

송소림은 그제야 자신의 상급자가 하려는 말을 이해할 수 있었다.

아케인 클랜에서 오성, 성대, 신세기 그룹에 그러한 기술을 넘겼다면 다른 곳에도 넘길 수 있지 않겠는가. 협상할 기회만 만든다면 다른 기업들처럼 자신들에게도 제작법을 달라고 하는 건 어렵지 않을 것이다.

"그럼……."

"그래. 지도부에서는 비록 많은 자금이 들겠지만 더 이상 요원들을 희생하지 않고 그와 협상을 하기로 했다."

송소림은 자신도 모르게 고개를 살짝 끄덕였다.

무의식적인 행동이었기에 그러한 반응을 했다는 것도 모를 것이나, 요원으로서는 하지 말아야 할 행동이기도 했다. 이런 작은 제스처나 표정으로도 요원이 알고 있는 정보가 유출될 수 있기 때문이다.

하지만 그는 송소림이 끄덕이는 것을 보면서도 딱히 그것을 지적하지 않았다.

지금까지 한 번도 빈틈을 보인 적 없던 송소림이 이런 사소한 실수를 했다는 게 오히려 신선했다.

그만큼 그녀가 이번 임무에서 하면서 많은 스트레스를 받고 있었다는 뜻이리라.

"그가 나타나면 협상을 할 수 있게 자리를 마련해 봐라."

"알겠습니다. 협상은 누가 진행합니까?"

타이탄에 관한 정보를 넘기는 계약을 하려면 엄청난 계약금이 필요할 것이다. 아무나 협상을 진행할 수는 없다.

아무리 송소림이 한국 전체를 커버하는 우수 요원이라고 하지만, 이 정도의 초특급 정보 계약을 하기에는 무리였다. 그리고 그것은 상급자인 그도 마찬가지였다.

"본사의 부사장님께서 오실 것이다."

이번에는 반응하지 않았지만, 송소림은 속으로 놀란 동시에 어느 정도 납득했다.

지금까지 맡아본 정보 중 그 무엇보다도 얻기 어렵고 그만큼 귀중한, 타이탄의 제작법.

세계를 뒤흔들 수 있을 정도의 정보라는 것은 알았지만, 그리 실감은 하지 못하고 있었다.

그도 그럴 것이 상당한 기간 동안 공을 들인 임무인데도 별달리 소득이 없었기 때문이다. 활동 기간이 길어지면서 정보의 중요성에 대한 감각이 다소 무뎌진 것이다.

하지만 부사장이 오기로 했다는 말에, 송소림은 등골이 오싹해지는 듯했다.

계속해서 지금처럼 임무에 실패했다면 지금까지 승승장구하며 올라왔던 것 이상으로 빠르게 나락으로 떨어질 수도 있었던, 상상 이상으로 중요한 임무였다는 것을 깨달은 것이다.

다행히 아직까지 대상인 정진은 자신들의 존재에 대해서 별생각 없는 듯했다.

시도는 계속해 왔지만 정보를 빼가지도 못했고, 그동안 계속 아케인 클랜을 주시했지만 자신들이 침투한 것에 대해 특별히 동요도 없었기 때문이다.

아직 협상의 여지가 남아 있기에 다행이란 생각이 들었다.

사실 계속된 실패에 송소림은 오늘 새로운 지시가 내려오지 않으면 정진의 가족이라도 납치해 볼 요량이었다.

물론 전적으로 송소림의 생각이었다.

정진의 가족에 대한 정보를 알아본 결과, 정진을 비롯한 그의 가족들은 모두 헌터였다.

그것도 상당한 실력을 가진 헌터들 말이다.

하지만 약점이 없는 것도 아니었는데, 바로 그의 아버지였다.

정진의 아버지 또한 헌터였지만, 오래전 심각한 부상을 당하여 헌터를 은퇴한 사람이었다.

요즘 지켜본 바로는 정상인과 별반 다르지 않았지만 송소림은 그런 것은 신경 쓰지 않았다.

포션을 만들어 내는 능력이 있는 사람이 바로 정진이다. 부상으로 거동이 불편해진 아버지가 있다면 누구보다 먼저 치료했으리라.

하지만 외상이 다 나았다고 해도 오랜 기간 장애를 가지고 생활을 했으니, 헌터로서 활동하던 예전과 같은 기량은 없을 것이라고 판단한 것이다.

하지만 이는 정진에 대한 정보가 정확하지 않기에 내린

성급한 판단이었다.

정진은 현대의 헌터 등급 시스템에 대해 그리 신뢰하지 않고 있었다.

아케인 클랜 내에서는 헌터 등급을 올리기 위해 열을 올리기보단 자체적인 기준으로 헌터를 나누고 있었다.

그 기준은 본래는 정진을 비롯한 간부들의 판단에 의존하고 있었지만, 로난을 만난 뒤에는 멸망한 아케인 왕국 기사를 분류하는 기준으로 정착되었다.

이 기준으로 판단하면 부클랜장인 이정진은 최상급 익스퍼트 기사와 동일한 경지였다. 깨달음만 얻는다면 지금이라도 바디 체인지를 하여 마스터의 경지에 오를 수 있는 상태인 것이다.

초기 멤버인 김지웅과 강현성, 강진성 형제 또한 이정진과 조금 차이는 있지만 모두 최상급 익스퍼트의 경지다.

같은 초기 멤버인 류재욱도 오랜 기간 아머드 기어를 운용한 탓에 조금 떨어지기는 하지만 상급 익스퍼트의 수준이었다.

아케인 클랜은 내부적으로 이렇게 새로운 기준을 통해 헌터들을 분류하여 능력에 맞게 직책을 주고 있었다.

그리고 송소림이 정진의 약점이라고 생각한 정진의 아버지인 정수현은 놀랍게도 꾸준한 수련과 재활을 통해 상급 익스퍼트의 경지에 있었다. 아케인 클랜 내부적으로는 조만간 최상급에 진입을 할 것으로 판단하고 있었다.

하지만 헌터 협회에 등록된 문서를 통해 판단한 송소림은 이러한 사실을 알지 못하고 무모한 계획을 세운 것이었다.

만약 그녀가 그런 시도를 했더라면 완전히 실패했을 것이고, 아마 조직은 세상에서 사라졌을 것이다.

정수현을 비롯한 가족들이 정진의 약점이라는 송소림의 판단은 어떤 의미로 옳기도 하고, 아니기도 했다.

정진에게 있어 가족과 주변인들은 역린과 같다. 건드리면 폭발하는 스위치나 다름없었다. 다만 그 뒷일을 누구도 감당할 수 없기에, 사실상 약점이라고 할 수 없을 뿐.

송소림이 일을 벌이기 전에 상부에서 그동안의 모든 활동을 멈추고 협상을 벌이기로 계획을 변경한 것은 그녀에게나 조직에게나 천만다행한 일이었다.

만약 이들이 송소림의 계획대로 가족이나 주변 사람들을 노렸다면 요원들이 실종되는 사태 정도로 간단하게 해결되지 않았을 것이다.

정진은 마법사다. 마법사는 절대로 후환을 남겨두지 않는 이성적인 존재다.

정진에게는 사회적 규범과 관계없이 모든 것을 지워 버릴 수도 있는 능력이 존재했다.

노인태의 사례를 보면 알 수 있었다.

그때 이정진이나 다른 사람들이 그를 말리지 않았다면 정진은 타라칸을 막지 않았을 것이다.

그랬다면 노인태는 타라칸의 한 끼 식사거리로 전락했을 것이다.

목숨을 잃는 것만은 봐주었지만, 정진은 순순히 노인태를 보내주지 않았다.

노인태가 받은 공포를 극대화하는 저주 마법을 걸어 그의 정신을 붕괴시킨 것이 바로 그것이다.

이후 정진은 노인태의 아버지인 노태규 회장과도 협상했다. 반쯤 협박에 가까운 협상으로, 담판 이후 노태 그룹은 지금껏 정진을 함부로 건드리지 않았다.

노태규 회장이 정진과의 협상에 따르지 않고 계속해서 자신과 가족들, 그리고 이정진을 비롯한 팀원들을 이용해 불이익을 주려 했다면 노태규 회장 또한 무사하진 못했을 것이다.

마법은 아무런 흔적도 남기지 않는다. 현대 과학으로는 규명할 수가 없기 때문이다.

모든 실력을 드러낼 수 없어 많은 것을 감추고 있을 뿐, 정진은 상상 이상으로 무서운 사람이었다.

그는 언제나 죽음과 가까이 있는 헌터이며, 냉정한 이성에 지배되는 마도사였다.

사사로운 이익을 위해선 마법을 잘 사용하지 않지만, 필요하다고 판단한 순간 과감한 결단에도 망설이지 않는다.

하지만 송소림은 거듭된 작전 실패로 인해 이러한 점을 간과하고 있었다.

Chapter 5
새로운 정보

　정진은 오랜만에 뉴 어스의 아케인 아카데미나 영원의 숲 입구에 있는 아케인 쉘터가 아닌, 신림동에 있는 아케인 빌딩의 사무실에 나왔다.

　"면담 요청을 했다구요?"
　"네, 처음 듣는 곳인데……. '지난번에 몇 번 연락드렸지만 연결되지 못한 곳'이라고 하면 알 거라고 하더군요."
　"……."

　돌연 만나고 싶다고 전해온 의문의 조직. 짐작 가는 바가 없는 건 아니었다.

최근 아케인 클랜의 주변을 맴돌고 있는 알 수 없는 집단.

정확한 목적이나 출처를 알 수 없어 경고 없이 처리만 하고 있었는데, 갑자기 모습을 드러내고 직접적으로 연락을 취해온 것이다.

정진은 조금 수상하다고 여기는 한편, 호기심이 일었다. 어차피 계속 주변을 맴돌 거라면 정면 승부하는 편이 낫겠다는 생각에 이번 만남을 수락한 것이다.

생각에 잠겨 있던 그때, 노크 소리가 들리고 비서가 들어왔다.

"클랜장님, 손님이 오셨습니다."

"들어오시라 하세요."

"알겠습니다."

정진은 손님이 안으로 들어오자 자리에서 일어나 그를 맞았다.

비서와 함께 들어온 것은 처음 보는 누군가와, 그를 따라 들어온 뜻밖의 인물이었다.

"반갑습니다. 아케인 클랜의 클랜장인 정정진이라고 합니다."

상상하지도 못한 사람의 등장에 정진은 조금 놀랐지만,

겉으로는 전혀 표시가 나지 않았다.

앞쪽에 있던 사람은 빙긋 웃으며 먼저 악수를 청해왔다.

"블루 뱀브 컴퍼니의 부사장인 장하림입니다. 뵙게 돼서 영광입니다."

50대 중후반쯤 되었을까, 170 중반 정도의 키에 마르지도, 그렇다고 뚱뚱하지도 않은 체형이었다. 입고 있는 정장에 가려져 있어 그리 눈에 띄지는 않지만, 정진은 장하림이 오랜 수련을 거친 단단한 신체를 가지고 있다는 것을 눈치챘다.

어떤 수련을 했는지는 모르겠지만, 눈에서 정광이 번쩍이고 있어 상급의 헌터를 보는 듯했다.

정진이 받은 느낌 그대로 장하림은 실제 헌터였다. 그것도 무려 3급의 상급 헌터였다.

블루 뱀브가 조사하는 일은 지구의 일만이 아니다. 게이트 사태가 발발한 이후 오히려 지구의 일보다 뉴 어스의 일이 더 중요해졌다.

작게는 몬스터의 서식지나 던전이 있을 만한 곳의 정보, 크게는 각 클랜이 뉴 어스에서 진행하고 있는 사업의 현황까지.

그런 정보를 지구에 가만히 앉아서 알아볼 수는 없는 노릇.

장하림은 최근까지도 뉴 어스를 직접 누비며 이러한 정보를 알아내는 현역 요원이었다.

하이 리스크 하이 리턴이라는 말처럼, 그는 목숨을 걸고 취득한 정보를 통해 세계적인 정보 조직인 블루 뱀브 내에서도 상당한 입지를 가지고 있었다.

한편, 장하림 역시 정진을 보면서 상당히 놀라 있었다.

그는 사람을 처음 대면할 때면 눈을 자세히 들여다보는 버릇이 있었다.

눈은 마음의 창이라고 한다. 사람의 눈을 보면 성격이나 개인적인 가치관은 물론, 현재 상황에 대해 어떻게 생각하고 있는지, 자신에 대해 어떤 생각을 가지고 있는지 알 수가 있다.

이는 무슨 특수한 기술 같은 게 아니라, 다년간 정보 요원으로서 활동한 베테랑인 그가 가진 습관이자 노하우였다.

그런데 습관대로 정진의 눈을 바라보았을 때, 장하림은 정신이 한없이 깊은 심연으로 빠져드는 것 같은 아득함을 느꼈다.

"자리에 앉으시죠."

정진이 자리를 권했을 때에야 장하림은 미몽에서 깨어났다.

"아……."

'이런…….'

자신도 모르게 소리를 내고만 장하림은 동요를 감추지 못했다.

하지만 이내 표정을 추스르곤 안주머니에서 명함을 꺼내 정진에게 내밀었다.

"실례했습니다. 장하림입니다."

"만나서 반갑습니다. 그리고 이쪽 분은……."

정진은 장하림의 옆에 있는 사람을 바라보았다.

"송소림입니다."

그러자 정진이 그럴 줄 알았다는 듯 고개를 끄덕이며 물었다.

"혹시 송림정의 주인 분 아니십니까? 오랜만에 뵙는군요."

"네, 그렇습니다. 오랜만입니다."

송소림은 아무렇지도 않게 고개를 끄덕이며 긍정했다.

하지만 내심은 달랐다.

'어떻게 안 거지?!'

자리에 앉은 송소림은 눈을 내리깔며 떨리는 눈동자를 감췄다.

자신이야 그동안 조사해 온 사람이니 정진을 모를 리 없지만, 정진이 송소림을 본 것은 송림정을 방문한 몇 번 되지도 않는 기회뿐이다.

그나마도 이기동 같은 다른 사람들과 대화하기 위해 찾은 것이니, 자신을 본 것은 다 합쳐도 채 10분도 되지 않는 시간이다.

그런데도 자신을 기억하고 있다니, 그것도 정진에게는 하등 중요하지 않을 음식점 주인을.

자신이나 장하림처럼 정보 조직에서 일하고 있다면 이해할 수 있겠지만, 상대는 하루에도 수십 명과 대면할 대형 헌터 클랜의 클랜장이다.

더욱이 그냥 헌터 클랜이라면 모르되, 아티팩트에 포션, 타이탄의 제작까지 하고 있다.

아케인 클랜처럼 이렇게 다양하고 많은 일을 하고 있는 헌터 클랜은 전 세계를 뒤져봐도 유래를 찾아볼 수 없었다.

말이 헌터 클랜이지 대체 어디까지 손을 댄 건지 알 수 없을 정도로, 조사할수록 아케인 클랜의 사업 규모는 놀라움의 연속이었다.

헌터는 물론 몬스터 관련 산업 전반에 관련되어 있고, 최근에는 국가의 의뢰를 맡아 북한 지역에 신도시를 건설하는 작업에도 참여하여 대공사를 진행하지 않았는가.

그렇게 많은 일들을 하면서 어떻게 짧게 스쳐 지나갔을 뿐인 자신을 기억하는지, 기억력에 경탄하는 한편 무서운 사람이라는 생각이 들었다.

장하림의 실수도 신경 쓰지 않을 수 없었다.

정보를 사고파는 사람으로서 장하림의 방금과 같은 실수는 치명적이다.

더욱이 지금은 협상을 위해 나온 자리가 아닌가. 분위기나 기선 제압 같은 일도 필요한 것이 바로 이 일이다.

한편으로는 장하림 같은 베테랑이 이런 초보적인 실수를한 것에, 역시 정진에게 무언가 있다고밖에는 판단하지 않을 수 없다고 송소림은 생각했다.

"그래서, 정보 조직인 블루 뱀브에서 굳이 아케인 클랜을 찾아오신 이유는 뭔가요?"

자리에 앉은 지 얼마 되지도 않았는데, 정진은 곧바로 본론을 꺼냈다.

송소림은 슬쩍 눈을 들어 정진의 표정을 훔쳐보았다.

정진의 얼굴에는 일체의 동요도 없었다.

장하림은 본능적으로 정진이 속인다고 넘어갈 사람이 아니라는 것을 깨달았다. 이런 사람에게는 오히려 솔직하게 직구를 던지는 편이 빠르다.

"타이탄! 타이탄 제작법을 저희에게도 알려주십시오. 어떤 대가라도 치르겠습니다."

장하림이 너무 직설적으로 대답을 하자, 이번에는 정진이 깜짝 놀라 눈을 크게 떴다.

그러다 이내 고개를 저었다.

"그런 것이라면 잘못 찾아오셨습니다."

"네? 그게 무슨……."

"저희가 타이탄을 개발했다는 것을 어떻게 알게 되셨는 지는 모르겠지만, 저희 클랜에선 타이탄 제작법을 외부에 알릴 생각이 없습니다. 여러 가지로 조사해 보신 것 같으니 이미 아실 텐데요. 저희는 오성이나 성대, 신세기에 타이탄 제작법을 전달한 적 없습니다. 저희가 핵심이 되는 엑시온 을 공급하면 협약을 맺은 다른 기업들에서 그것을 기반으로 조립할 뿐입니다."

사실상 그들이 조사해서 알아낸 것은 거의 아무것도 없을 테지만, 정진은 굳이 숨기지 않고 사실대로 말해주었다.

거짓말은 아니다, 그렇게 판단한 장하림은 순식간에 다시 노선을 변경했다.

"그렇다면 저희도 그렇게 하겠습니다. 저희도 타이탄 제 작에 참여하고 싶습니다."

송소림은 눈을 의심했다.

무려 블루 뱀브의 부사장이 누군가에게 이렇게나 쩔쩔매 며 부탁을 하는 모습을 보게 될 줄은 상상도 못했다.

하지만 그녀는 아무 말도 하지 않고 잠자코 그것을 지켜보았다. 자신은 장하림의 수행원일 뿐, 협상을 하는 것은 그녀의 일이 아니다.

"그건 조금 어렵겠습니다. 저희도 인류의 안전을 생각하면 생산량을 더욱 늘리고 싶습니다만, 지금이 한계입니다. 사실 지금도 조금은 무리를 하고 있어 기업들에게 양해를 구하고 당분간 공급 규모를 줄일 계획입니다."

장하림이 끈덕지게 요구하자, 정진은 어쩔 수 없다는 듯 클랜 내부 사정에 대해 이야기했다. 이렇게까지 말하지 않으면 장하림은 또다시 찾아오리라.

"그럼 앞으로도 가망이 없는 것입니까?"

장하림이 포기하지 않고 물었다.

"시간이 지나면 여건이 좋아질 것이고 그때는 더욱 많은 곳과 계약을 하게 되겠지요. 하지만 지금은 아닙니다."

정진은 지금도 아케인 아카데미에서 교육을 받고 있을 아이들을 떠올렸다.

좀 더 시간이 지나면 그들도 수련 마법사가 아닌 정식 마법사가 될 것이고, 그때가 되면 엑시온을 제작할 수 있는 인원이 증가할 테니 생산 라인에 보다 여유가 생기리라.

하지만 장하림은 정진의 생각보다 훨씬 끈질기고 집요했다.

"그렇다면 저희 블루 뱀브를 가장 우선 기업으로 지정해

주십시오."

"예?"

"차후 여유가 생겼을 때, 협력 기업으로 저희를 제일 먼저 선택해 주시면 됩니다. 물론 공짜로 해달라는 말은 아닙니다."

장하림은 본격적으로 운을 떼며 자세를 바로 했다.

"그렇게만 해주신다면 저희는 정보 조직으로서 아케인 클랜에서 필요로 하는 정보를 공급해 드리겠습니다."

"……."

정진이 말없이 그를 쳐다보자, 장하림은 어느 정도 가능성이 있다고 판단하고 제안을 이어갔다.

원래 목적한 계약은 이루지 못하겠지만 현재 다른 어떤 곳 하고도 타이탄 제작법을 두고 계약할 생각이 없다고 했으니, 어떻게든 여지를 남겨두어야 했다.

애초에 하나하나가 특급 정보나 다름없는 아케인 클랜과 무언가 하나라도 접점이 생기면 블루 뱀브로서는 나쁠 게 없었다.

"현재 많은 나라들이 한국에서 생산되는 타이탄의 정보를 빼내기 위해 많은 정보 요원들을 파견했다는 것은 알고 계실 겁니다."

"……."

사실이었다.

짐작했고, 알고도 있었지만 무시하고 있었을 뿐이다.

알아내려 한들 무언가 얻어가기 힘들 테니 방치하고 있었다. 알아낸다 해도 어떻게 할 수 없을 거란 생각도 컸다.

아머드 기어와 달리 타이탄은 제작법을 알고 있다고 해서 누구나 제작할 수 있는 것이 아니다.

만약 그랬다면 애초에 오성, 성대, 신세기 그룹과 함께 작업을 진행하지도 않았을 것이다.

오직 마법사만이 타이탄의 핵심인 엑시온을 제작할 수 있으니 다른 작업들은 할 여유가 전혀 없을 정도로 바쁜 게 아닌가.

미국에서도 타이탄이 생산되고 있는 것은 무슨 연유인지 알 수 없지만, 그쪽도 아주 소수 인원만 마법을 알고 있을 것이다.

신경이 쓰이지 않는다면 거짓말이었다.

정진은 언젠가 시간적 여유가 생긴다면 미국이 어떻게 해서 타이탄을 제작할 수 있는 건지 알아볼 생각이었다.

물론 현재로서는 엄두도 낼 수 없었다.

"저희는 아케인 클랜에서 필요한 정보를 드릴 수 있습니다. 블루 뱀브는 세계적인 정보 조직입니다. 말씀하신 대로 현재 여유가 없을 정도로 바쁘시다면, 필요한 정보를 조사해서 얻어낼 시간을 저희가 단축시켜 드릴 수 있을 겁니다."

장하림은 정진의 표정에 아주 미세하지만 변화가 생겼다는 것을 눈치챘다.

"아케인 클랜 외에 미국의 레기온 사에서도 타이탄을 만들고 있죠. 그런데 그것을 만드는 것이 인간이 아니라 뉴 어스의 인간들이라는 걸 아십니까?"

"네? 뭐라고요?"

장하림의 제안을 듣고 있던 정진이 깜짝 놀라 물었다. 표정을 숨길 수도 없었다.

뉴 어스 인이 생존해 있다니?

"그게 정말입니까?"

정진이 흥분하여 질문하고 있을 때, 정진의 목에 걸려 있던 목걸이의 메달 부분에서도 작은 진동이 일고 있었다.

로난의 영혼이 봉인되어 있는 목걸이였다.

그 또한 정진을 통해 방금 장하림이 하는 이야기를 듣고 반응하고 있었다.

정진의 반응을 본 장하림은 내심 회심의 미소를 지었다.

"그뿐만이 아닙니다. 유럽에는 신화 속의 난쟁이들이 있습니다. 모두 엄청난 대장장이들인데, 매직 웨폰에 못지않은 수준의 강력한 검과 방어구를 만든다고 합니다. 여기에

서만 하는 얘깁니다만, 사실 유럽에서 개발된 아머드 기어인 예거도 그들이 만들었다는 이야기가 있죠."

장하림은 정진이 관심을 보일 만한 정보들을 일부 공개했다.

시도가 먹혔는지 흥미로운 표정으로 듣고 있던 정진이 중얼거렸다.

"설마 드워프?"

"드워프요? 그들을 드워프라 부르는 것입니까?"

"네, 고대에 뉴 어스에는 소설 속에나 등장하는 장인 종족인 드워프가 실제로 살았다고 합니다. 그들의 대장 솜씨가 얼마나 대단한지 그들이 만든 물건은 모두 예술품이고, 무기를 만들면 실패작조차 인간 명인이 만든 것보다 뛰어났다고 합니다. 하지만……."

정진은 스승인 제라드를 통해 뉴 어스가 어떻게 멸망하게 되었는지 들었다.

물론 제라드가 뉴 어스 전 대륙을 돌아다닌 것은 아니지만, 대략적인 상황은 분명했다.

왕국들이 있던 자리에는 온갖 잡초와 넝쿨들이 무성히 자리를 잡고 있었고, 인간의 흔적은 아주 미세하게 남아 있었다.

숲의 종족이라 불리던 엘프도, 불과 쇠의 종족이라 불리던 드워프도, 수인족도, 다양한 종족들이 어우러져 살고 있던 뉴 어스는 몬스터 외에는 전부 사라지고 말았다.

그런데 사라진 줄 알았던 뉴 어스 인들이 아직 존재하고 있었다니, 전혀 예상치 못한 일이었다.

그것도 그들이 게이트 너머 지구에서, 지구인들과 함께 일하고 있다는 게 아닌가. 충격적인 일이 아닐 수 없었다.

정진은 진지해진 얼굴로 장하림을 바라보았다.

†   †   †

협상을 하러 왔던 블루 뱀브의 부사장인 장하림과 송소림이 돌아간 뒤, 로난은 바로 목걸이에서 튀어나왔다.

"그들을 만나게 해줘라."

"그들이 정말로 뉴 어스 인이라고 생각해?"

정진이 로난에게 물었다.

너무도 뜻밖의 정보인 탓에, 정진은 현재 무척이나 혼란스러운 상태였다.

정말로 그 정보대로 미국이 비밀리에 억류하고 있는 이들이 뉴 어스의 생존자들이라면, 유럽에 있는 이들이 뉴 어스의 드워프가 맞다면, 그건 무척이나 충격적인 일이었다.

들어온 정보가 적기에 명확히 판단을 할 수가 없었다.

"아무래도 상관없다. 그저 한 번이라도 그들을 본다면 충분하다."

로난은 그 생각뿐이었다.

흑마법사들이 마탑에 쳐들어와 주변에 죽음의 저주를 뿌리고 간 뒤로, 로난은 마탑에 있던 동료 마법사들 외에는 더 이상 다른 사람들을 만나볼 수가 없었다.

시간이 흐르면서 동료 마법사들도 하나둘 수명이 다 되어 죽어가면서, 이후 그는 너무도 오랜 시간 동안 홀로 존재해야 했다.

간간이 마탑에 들어오기 위해 찾아오는 사람들이 없었던 건 아니었다.

하지만 흑마법사들의 저주 탓에, 누군가 접근했다는 것을 알고 찾아가면 그들의 모습은 이미 사라진 뒤였다.

더욱이 마탑 주변에 펼쳐진 죽음의 저주로 밤낮으로 마나의 성질이 변화하는 통에, 그것에 적응하기 위해 연구를 하느라 바깥의 상황에 신경 쓸 겨를도 없었다.

그나마 다행인 것은 다른 동료 마법사들이 흑마법사의 저주를 극복하지 못하고 생명력이 고갈되어 죽어갈 때, 로난은 자신의 영혼을 드래곤 하트에 봉인함으로써 살아남았다는 것이다.

비록 육체는 남아 있지 않았지만, 드래곤 하트에 스스로의 영혼을 봉인함으로써 목적이었던 타이탄 연구를 계속할 수 있게 되었다.

리치는 경지에 이르지 못한 마법사가 자신이 가진 마법력을 가지고 죽음을 거부한 신체를 만들어, 영혼은 따로 봉인한 것을 말한다. 하지만 로난은 이와 달리 이미 죽어 육체가 없는 상태에서 영혼을 봉인한 것이다.

어쨌든 그렇게 함으로써 로난은 마탑 주변에 걸린 저주의 영향을 받지 않을 수 있었고, 결과적으로는 9서클에 이르기도 했다. 로난으로서는 어느 쪽으로 보나 좋은 결과였다.

만약 그때 드래곤 하트의 조각을 가지고 있지 않았다면 시도조차 하지 못했을 일이지만, 타이탄을 연구하는 재료로 구해놓은 드래곤 하트의 조각이 우연히 남아 있었다. 그로서는 천운이었다.

그렇게 로난은 홀로 영혼의 상태로 살면서 타이탄을 연구하였다.

혼자 하는 연구는 그리 진척이 없었다.

시간이 흐르면서 마탑을 찾는 사람은 없어졌고, 로난은 10년, 20년, 100년, 200년, 셀 수도 없을 만큼 오랜 시간이 흐르자 또 다른 인간의 존재 자체를 잊었다.

그렇게 타이탄 연구와 언젠가 찾아올 누군가를 기다리던 중 변화가 나타났다.

마탑이 있던 지형에는 그동안 많은 변화가 있었다.

그 강력하던 흑마법사의 저주도 그 덕에 많이 약화되었다.

그 어떤 생명체도 절대로 살아남지 못했던 협곡에 비록 몬스터이기는 하지만 무언가가 돌아다니기 시작한 것이다.

로난은 비록 몬스터라고는 하지만 마탑 주변에 생명체가 생겨난 것에 기뻐했다.

그것만이 아니었다.

언어는 전혀 통하지 않았지만 몬스터를 사냥하는 사냥꾼들이 협곡 주변에 나타난 것이다.

하지만 협곡에 진입하기만 하면 얼마 지나지 않아 그들은 협곡에 펼쳐진 저주에 미쳐 서로 죽고 죽이곤 했다.

오랜만에 본 인간들이기에 만나보고 싶은 마음은 굴뚝같았지만 그럴 수 없었다.

드래곤 하트에 봉인된 상태이기에 멀리까지 벗어날 수가 없기 때문이다.

정진이 그를 찾아온 것은, 그저 언젠가 흑마법사들이 펼쳐 놓은 죽음의 저주를 뚫고 누군가 찾아왔으면 하는 막연한 소망도 잊혀질 무렵이었다.

그는 지금까지 로난이 본 인간들 중 가장 강한 사람이었고, 가장 강력한 마법사였다.

로난은 마법을 사용하는 정진이 심장에 서클을 가지고 있지 않다는 것에 깜짝 놀랐었다.

타이탄 외에는 전혀 관심이 없던 로난은 정진의 정체가 궁금한 나머지 그와 계약을 하고 마탑을 벗어났다.

로난은 자신이 얼마나 오랜 시간을 이곳 마탑에서 지냈는지조차 잊었을 정도로 오래 혼자 생활을 해왔다.

마탑을 벗어난다는 생각, 사람들을 만날 수 있다는 생각에 흥분했던 것도 잠시. 바깥 세상은 자신의 생각 이상으로 너무도 많이 달라져 있었다.

그를 기다리는 것은 너무도 참담한 이야기였다.

바로 자신이 살던 세상이 전쟁 끝에 멸망하였고, 세상은 몬스터의 차지가 되었다는 것이다.

치열한 전쟁이긴 했지만, 설마 하니 자신을 제외한 모든 것이 파괴되었을 거라고는 생각 못했다.

정진은 로난이 생각한 것과는 달리, 차원 게이트를 통해 뉴 어스에 온 지구인이었던 것이다.

마탑 밖으로 나왔지만 로난이 겪게 된 것은 지독한 혼란뿐이었다.

그 뒤로 로난은 더욱 타이탄 연구에 매달리게 되었다.

틈만 나면 정진에게 타이탄을 연구하자고 종용하던 것은 바로 이러한 이유 때문이었다.

그런데 뉴 어스의 인류가 생존해 있을지도 모른다니, 흥분할 수밖에 없었다.

어린 시절 처음 마법을 접했을 때, 꿈에 그리던 마법사가 되었을 때, 최고의 마법사들에게만 허락이 되는 타이탄 제작자, 타이탄 메이지가 되었을 때 로난은 큰 희열을 느꼈다.

타이탄 메이지가 되어 자신만의 타이탄을 개발했을 때, 정식으로 마탑에서 승인이 떨어져 생산되고 각 영지로 팔려 나갔을 때의 기쁨은 이루 헤아릴 수가 없었다.

그러나 그때의 기분조차 지금에 비할 것은 아니었다.

로난은 아직 진짜인지조차 알 수 없는 그 뉴 어스 인들이 마치 오래전 잃어버린 형제처럼 느껴졌다.

하지만 지금의 자신은 육체를 잃어버린 몸. 지구 반대편의 다른 국가에 있다는 그 뉴 어스 인들을 만나기 위해서는 자신이 의탁하고 있는 정진에게 부탁을 할 수밖에 없었다.

하지만 정진의 반응은 영 시원찮았다.

정진은 몸이 두 개라도 모자랄 정도로 바쁜 상황이었다. 로난 역시 알고 있는 사실이었다.

타이탄 제작만 하더라도, 너무 바쁜 나머지 타이탄의 퀄리티가 떨어지는 것을 감수하고 엑시온 제작의 공장화를 생각할 정도가 아니던가.

거기에 미래를 위해 후학들도 양성해야 하니, 아케인 아카데미에서 수학하는 아이들도 신경을 써야만 한다.

그러니 정말로 있는지 확실하지도 않은 드워프와 뉴 어스인들을 만나게 해달라는 로난의 말에 난색을 표하는 것은 어쩌면 당연한 반응이었다.

정진은 복잡한 심정으로 로난을 바라보았다.

로난의 부탁을 들어주지 않을 수도 없었다.

그동안 로난이 자신을 도와준 것도 도와준 것이지만, 지금까지 타이탄 외에는 어떤 것에도 관심을 표하지 않던 로난이 이렇게까지 강하게 자신에게 부탁한다는 것에 마음이 영 좋지 않았던 것이다.

여건상 들어주기도, 그렇다고 마냥 거부할 수도 없는 상황.

한참을 고민하던 정진은 일단 드워프로 생각되는 이들을 찾아보기로 했다.

여건이 되지 않으니 보다 쉬운 길을 먼저 가고자 함이다.

미국에 있다는 뉴 어스 인들은 지금껏 한 번도 노출된 적이 없다. 철저한 보안 아래 숨겨져 있는 것이 분명했다.

반면 장하림의 말에 따르면, 드워프의 경우 장인으로 대우를 받으며 소속되어 있는 유럽에서 어느 정도 세력을 형성하고 있었다.

미국에 있다는 뉴 어스 인들의 경우 쉽게 만날 수 없을 것이다.

"알겠어. 일단 그들이 맞는지 좀 더 자세히 알아보기로 하자."

"정말인가?"

"그래, 여태 네게 도움을 받은 것도 있으니 말이야."

"고맙다, 정진!"

로난이 감격한 듯 말했다. 정진은 손사래를 쳤다.

"다만 미국에 있다는 사람들 말고, 유럽의 드워프들을 먼저 만나도록 하자."

정진은 로난에게 미국에 있는 뉴 어스 인들을 당장 만나기 어려운 이유를 차근차근 설명했다.

로난은 역시 이종족인 드워프보다는 자신과 같은 인간들에게 더 관심이 있는지 아쉬운 표정을 지우지 못했다.

"미국은 조금 전에 너도 들었다시피 뉴 어스 인들의 존재를 철저히 숨기고 있어. 그에 비해 유럽은 굳이 드워프들의 존재를 숨기지 않고 있지. 아마 이쪽이 훨씬 접근하기 쉬울 거야."

"알았다. 그럼 그들이라도 만나게 해줘라."

"그래, 알아보지."

현실적인 내용에 로난이 수긍을 하자, 정진이 걱정 말라는 듯 고개를 끄덕였다.

대화가 끝나자, 로난은 곧 목걸이 안으로 들어갔다.

외부에 현신하는 자체는 하등 어려움이 없지만, 뉴 어스 인들이 존재할지도 모른다는 소식에 머릿속이 복잡해서 도저히 더 있을 수 없었다. 타이탄 연구를 할 정신이 없었다. 혼자 생각을 정리할 시간이 필요했다.

아무리 그가 현자의 경지인 9서클이라고 하지만, 아직 인간의 욕망을 모두 떨쳐낸 것이 아니기에 본능은 어쩔 수 없었다.

목걸이로 들어가는 로난을 보며 정진은 새삼 그가 얼마나 외로워하고 있었을지 생각했다.

자신에게는 함께 마법을 배우고 있는 동생들이 있고, 언제나 물심양면으로 도와주는 클랜원들이 있다.

뉴 어스에서 조난당했던 두 달간, 그들을 만나지 못한 채 수련만 하던 그때 자신도 늘 지구를 그리워하지 않았는가. 곁에 스승들이 있음에도 말이다.

지금 로난에게는 공통분모를 가진 사람이 아무도 없었다. 그나마 연결점이 있는 자신도 뉴 어스 인이 아니니 말이다.

✝   ✝   ✝

아케인 빌딩에는 오랜만에 꽤 많은 수의 간부들이 모여 있었다.

클랜장인 정진의 소집령이 있었기 때문이었다.

당장 뉴 어스의 깊은 곳에서 헌팅을 하고 있거나 시급한 임무가 있는 간부들을 제외하고는 모든 간부들이 아케인 빌딩 회의실에 모여 있었다.

사냥을 떠나려던 류재욱은 소집 명령을 받고 자신을 뺀 팀원들만 사냥에 보내고, 그대로 게이트를 타고 지구로 돌아와 아케인 빌딩에 복귀하였다.

"무슨 일이기에 이 많은 간부들을 소집한 거지?"

막 도착한 그가 로비에 있던 직원에게 물었다.

"저도 잘 모르겠습니다. 상무님."

아케인 클랜의 초창기 멤버들은 클랜 내에서 모두 이사급 이상의 고위 간부가 되어 있었다.

류재욱은 뒤늦게 합류를 한 편이지만, 아케인 클랜이 지금처럼 성장하기 전 헌팅 팀이던 시절부터 함께한 멤버였다.

그는 개인적으로도 뉴 어스에 쉘터 하나를 가지고 있었다.

지금까지 모은 재산을 투자해 지부 형식으로 쉘터 하나를 건설한 것이다. 클랜 간부로서 건설비를 할인받았다.

당연히 아케인 클랜과도 연결되어 있었고, 지금은 류재욱을 위시한 아머드 기어 팀의 거점이 되어 있었다.

일반 헌터 위주의 아케인 클랜에서 꿋꿋이 아머드 기어를 운영하던 그와 그의 수하들은 다른 아케인 클랜의 간부들과 팀원들보다 더 끈끈한 유대감을 가지고 있었다.

류재욱은 다른 일반 헌터들과 함께 쉘터를 쓰기보단, 아머드 기어를 운용한다는 팀의 장점을 살리는 방안을 선택했다.

아머드 기어를 운용하기 위해서는 아머드 기어를 정비하고 보관할 곳이 필요하다. 때문에 이런 곳이 마련되어 있는 다른 쉘터가 필요하다고 판단한 것이다.

류재욱은 다른 사냥터들보다 위험한 지역에 아케인 쉘터를 건설하였다.

아머드 기어 팀은 맨몸에 무기만 들고 몬스터 헌팅을 하는 헌터들보다 좀 더 안전하다고 할 수 있다. 숫자가 늘어나면서 쉘터 전체를 관리하고 정비하는 것 또한 다른 쉘터들보다 유리해졌다.

류재욱은 영원의 숲 입구에 자리한 아케인 쉘터보다 본인의 아케인 쉘터에 있는 것이 대부분이었다. 때문에 본부에서의 소식이 다른 간부들에 비해 늦은 편이었다.

"그래도 뭔가 들은 거 없나?"

류재욱은 직원이 옮기던 자료를 대신 들어주었다. 그러자 어깨를 으쓱거리던 직원이 문득 생각났다는 듯 말했다.

"그러고 보니, 저도 자세한 내용은 알지 못하지만 바로 얼마 전 블루 뱀브라는 회사에서 클랜장님과 면담을 했습니다. 그거랑 관련된 게 아닐까요?"

"블루 뱀브? 뭐 하는 회사야?"

류재욱이 어리둥절한 얼굴로 고개를 갸웃거렸다.

"신생 회사인가? 아니면 외국계?"

어떤 일을 하는 곳인지도 감이 안 오는 이름이었다.

아케인 클랜에 연락했다는 건 몬스터 산업 관련 회사인 걸까?

"그렇군. 그곳과 무슨 얘기를 했는지는 모르고?"

"그건 모르죠. 다만 그때 클랜장님은 타이탄 연구랑 클랜 내 마법사 양성에 모든 시간을 할애하고 계셨는데, 그들이 면담을 한 뒤로 바뀌셨습니다."

"바뀌었다고?"

대회의장으로 걸음을 옮기며 재욱은 흥미로운 얼굴로 직원의 말을 들었다.

정진은 절대로 시간을 허투루 쓰지 않는다. 다른 일을 했다면 그것이 가장 필요하다고 생각했기 때문이리라.

얼마나 시간을 철저히 계산을 해서 사용하는지, 팀 아케인 시절에는 마치 입력된 프로그램에 따라 움직이는 로봇 같다고 웃곤 했을 정도였다.

"가장 공들여 준비하시던 엑시온 납품 준비도 보름 뒤로 미루셨습니다."

"뭐라고?"

류재욱이 깜짝 놀라며 반문했다.

타이탄의 심장인 엑시온 제작은 자신과도 연관이 있는 일이었다.

아케인 클랜에서 최초로 타이탄을 탑승하고 사용한 사람은 부클랜장인 이정진이었다.

처음 프로토 타입의 타이탄에 탑승했던 이정진이 느낀 것은 생소함이었다.

타이탄에 탑승하자, 갑자기 수 미터 이상 높아진 시점과 상상 이상으로 커진 움직임 때문에 너무도 어색했기 때문이다.

자신이 커진 것도 같고, 또 주변의 모든 것이 작아진 것 같기도 하고 너무도 거북했다.

털끝만큼의 차이로도 목숨이 갈릴 수 있는 몬스터 헌팅에서 시점의 변화는 아주 중대한 일이다.

사실 타이탄에 적응을 하는 것은 그렇게까지 어려운 일은 아니었다.

옆에서 타이탄에 적응할 수 있게 조언을 해주는 타이탄의 에고가 있기 때문이다.

타이탄 마스터가 타이탄을 운용하기보다 쉽게 보조하는 것이 타이탄 에고의 주 임무 중 하나다.

만약 아머드 기어처럼 직접 조종간을 움직이는 방식이었다면 더 어려웠겠지만, 타이탄은 컨트롤 볼에 마력을 불어넣으며 움직임을 연상하는 방식이기에 금방 적응할 수 있었다.

하나 금방 적응할 수 있다고 하지만, 일반 헌터들에게는 그 시점에 적응할 시간이 필요했다.

이정진 역시 시간이 지나면서 그 어색함을 극복하자, 타이탄이 비로소 그 진가를 발휘하였다.

타이탄을 최초로 운용한 것은 이정진이라고 하지만, 최초로 운용한 팀은 자신과 자신이 담당하는 아머드 기어 팀이었다.

류재욱이나 아머드 기어 팀은 탑승형 병기인 아머드 기어에 이미 익숙한 이들이었다.

아무리 다른 운용 방식이라고 하지만, 거대 병기에 탑승해 몬스터를 사냥한다는 것과 둘 다 인간형이라는 공통점이 있다.

아머드 기어는 아케인 클랜의 일반 헌터들이 클랜에서 제작한 매직 웨폰과 매직 아머를 착용하고 몬스터를 상대하는 것과는 전혀 다른 사냥법을 사용한다.

아케인 클랜에서는 둘 모두 비슷한 성과를 내지만, 아머드 기어를 이용한 사냥은 일반 헌터들이 하는 사냥과 그 시점부터가 달랐다.

그러니 아머드 기어 드라이버들이 다른 헌터들에 비해 더 빨리 타이탄의 운용에 익숙해질 수밖에 없었다.

류재욱은 타이탄의 장점을 가장 빨리 극대화할 수 있는 것이 바로 자신의 팀인 아머드 기어 부대라고 생각했다.

때문에 클랜장인 정진에게 아머드 기어 부대가 가장 먼저 타이탄을 지급받을 수 있도록 해달라고 요청했다.

정진은 류재욱의 말이 어느 정도 타당하다는 것은 인정했지만, 형평성 문제가 있기 때문에 무조건 아머드 기어 부대부터 타이탄을 먼저 지급할 수는 없다고 말했다.

대신 아머드 기어 부대 내 1개 팀에 가장 먼저 타이탄을 지급하고, 그 팀이 모두 지급받으면 그 뒤에 만들어지는 타이탄들은 다른 부서에 순서대로 배치하겠다고 말했다.

정진은 가능한 클랜 내 모든 일들이 구성원들이 납득할 수 있는 범위 내에서 이루어지도록 하기 위해 노력했다.

자신 또한 가능한 합리적이고 공평하게 모든 것을 움직이기 위해 노력하지만, 어느 팀에나 불만이 없을 수가 없다.

작은 선택이라고 하더라도 정진이 독단으로 처리하게 되면 나중에 큰 문제로 불거질 수도 있었다.

류재욱 역시 다소 실망하긴 했지만, 정진의 결정을 수용했다.

그런데 타이탄 개발에 기뻐하기가 무섭게 날벼락 같은 소식이 전해졌다.

정진이 타이탄의 제작을 오성과 성대, 신세기 그룹과 함께하는 게 좋겠다는 의견을 낸 것이다.

그 소식을 처음 들었을 때, 류재욱을 비롯한 간부들은 모두 펄쩍 뛰었다.

이제 막 개발된 타이탄을 기업들과 나누어 제작해 수익 일부를 포기해야 한다는 것이 너무 아까웠기 때문이다.

하지만 정진에게 이런 선택을 한 이유를 듣고 나서 모두가 세 기업과 계약하는 것에 찬성하였다.

물론 클랜 내에 보급하는 게 우선이고, 타이탄이 국내에 전체적으로 보급되기 시작하면 전체적인 헌터 산업 수준이 높아져 모든 헌터들에게 이득이 된다.

장기적으로는 국가 경쟁력을 끌어올려 세계적인 수준으로 발전할 수 있다는 이야기였다.

정진은 거기에 각 기업과 모두 최고의 조건으로 계약을 연결하는 것으로 마무리 지었다.

그런데 이번엔 보름에서 최대 한 달 정도 중단이 된다는 얘기였다.

이 일은 그저 어떤 회사와 협상을 벌였다고 시도할 일이 아니다.

어떤 조건을 들었기에 중단을 했는지는 모르겠지만, 오늘 회의에서 이해할 수 없는 내용이 나온다면 꼭 따져야겠다고 류재욱은 결심했다.

비록 클랜장인 정진과 클랜 소속 마법사들이 개발했다고 하지만 타이탄은 클랜장인 정진 개인의 것이 아닌 클랜의 공동 재산이다.

그런데 정진이 독단으로 엑시온 생산 중단을 선언했다면 클랜에 대한 신뢰도에 문제를 일으킬 수도 있었다.

덜컹!

대회의장 문을 열고 들어간 류재욱은 가장 먼저 친구인 지웅을 찾았다.

"지웅아!"

하지만 회의장 안에는 아직 김지웅이 없었다.

또 다른 친구이자 상무이사인 강진성이 먼저 자리에 와 앉아 있었다.

"재욱이냐?"

"어? 지웅이는 아직 안 왔냐?"

"지웅이는 오늘 못 온 댄다."

강진성이 말하자, 류재욱이 별생각 없이 물었다.

"지웅이에게 무슨 일 있냐?"

"아니, 요즘 타이탄 타고 몬스터 사냥을 하는 것에 맛을 들여서. 지금 아마 한참 사냥 중일걸."

"그래?"

강진성이 고개를 끄덕였다.

"아마 오늘 회의 소식도 듣지 못했을 거야. 통신구도 없을 테니까."

"언제 나갔는데?"

"글쎄, 3일 전이었나?"

류재욱은 피식 웃었다.

자신도 몬스터 사냥에 빠져 시간만 나면 타이탄을 끌고 사냥을 나가기 때문에 지웅의 마음을 알 수 있었다.

"그래? 그럼 뭐… 그런데 넌 알고 있었냐?"

"뭘?"

"정진이가 엑시온 생산을 보름에서 한 달 정도 중단한다고 했다며."

강진성은 류재욱이 무엇을 물어보는 것인지 깨닫고 고개를 끄덕였다.

"뭐야, 알고 있었어? 무슨 일 있는 거야?"

류재욱이 묻자, 강진성이 설명했다.

"응, 나도 들은 건데 미국과 유럽 쪽에 뉴 어스의 생존자가 존재한다나 봐."

"뭐?"

류재욱이 놀라 눈을 크게 떴다.

지금까지 알려진 상식대로라면, 뉴 어스에도 오래전에는 인간과 같은 지성체들이 살고 있었지만 현재는 모두 멸망했다고 알려져 있다. 유일하게 남아 있는 몬스터들만이 뉴 어스를 지배하고 있다는 것이다.

그런데 그 상식을 뒤엎는 이야기가 나온 것이다.

"그게 사실이야?"

"모르지. 다만 미국이 타이탄을 만들어낸 걸 보면 그게 아주 없는 얘기 같진 않아."

"하긴."

류재욱이 고개를 주억거렸다. 아무리 흰머리산에서 출토된 온전한 형태의 타이탄이 있다고 하지만, 이들은 마법사가 없이는 절대 타이탄을 만들 수 없다는 것을 이미 알고 있었다.

"타이탄은 지구의 기술로는 절대로 만들 수 없잖아."

"그렇지, 마법이 없으면 타이탄을 절대 만들 수 없지."

류재욱은 강진성의 말에 맞장구를 쳤다.

"그런데 미국은 어떻게 타이탄을 개발한 걸까?"

"정진이는 그쪽에 좀 더 특별한 유물이 있거나, 마법을 아는 몬스터 얘기를 했었지."

미국은 클랜장인 정진만 알고 있다고 생각했던 마법에 대해 알고 있다.

그들이 어떻게 그러한 것을 알고 있는지 알 수는 없지만, 타이탄을 개발했다는 것은 누군가 마법을 사용할 수 있다는 말이나 마찬가지다.

"그럼 유럽에도 마법사가 있는 걸까?"

"그건 아닌 것 같아. 다만 판타지 소설에 등장하는 대장 장이 종족인 드워프가 있다는데?"

"드워프? 그게 뭔데?"

강진성은 한숨을 쉬며 류재욱에게 그가 알고 있는 드워프에 대해 들려주었다.

물론 모두 그가 읽은 소설 속에 등장하는 드워프에 관한 것들이었다.

Chapter 6
유럽행

아케인 클랜의 간부들이 이렇게 모인 것은 꽤 오랜만의 일이었다.

그래서 그런지 자리에 모인 간부들은 그동안 떨어져 있던 친구들과 모여 이야기를 하거나, 다 같이 모여 오늘 있을 회의 내용에 대해 말하고 있어 대회의장 안은 꽤 소란스러웠다.

"클랜장님 들어오십니다."

어수선한 대회의장에 먼저 도착해 들어온 비서가 정진이 온다고 전했다.

드르륵!

그러자 여기저기에 모여 이야기를 하고 있던 간부들이 하나둘 자신의 자리를 찾아 이동하기 시작했다.

곧 회의실 문이 다시 열리며 정진과 부클랜장인 이정진이 안으로 들어왔다.

"다들 오랜만입니다. 잘 지냈습니까?"

"네."

"클랜장님은 여전하시네요."

"허, 진짜 그대로시네. 안 여쭤 봐도 건강하신 거 같으니 인사는 안 해도 되죠?"

대회의장 내에 웃음소리가 번졌다. 화기애애한 분위기 속에서 모두가 정진과 인사를 나누며 자리에 앉았다.

"이렇게 간부들이 한자리에 모인 건 정말 오랜만이군요."

"무슨 일인데 이렇게 긴급하게 모든 간부들을 호출해서 회의를 하는 겁니까?"

정한이 의아한 얼굴로 물었다.

"급하게 소집하게 돼서 미안합니다. 다름이 아니라 우리 클랜에서 진행하고 있는 프로젝트에 변화를 주고 싶어서, 이 부분에 대해 급히 이야기할 게 있어 이렇게 회의를 요청하게 됐습니다."

"변화요?"

정진이 고개를 끄덕였다.

"여러분들이 기다리고 계신 타이탄에 관한 사항입니다."

타이탄이라는 말이 나오자 간부들은 전부 호기심에 찬 얼굴로 정진을 바라보았다.

타이탄은 아케인 클랜 내에서도 화두였다.

그 뛰어난 성능과 압도적인 모습에 매료된 클랜원들은 이미 많았다. 소문만 들은 사람조차도 흥미 이상의 관심을 갖고 있었다.

몇몇은 혹시나 타이탄 지급 순서에 변화가 생긴 것은 아닌가 하는 기대에 차 정진을 바라보았다.

이들의 기대는 반만 맞았다. 타이탄 지급의 날짜에 변경이 있는 것은 맞았다.

"아직 정확히 정해진 것은 아닙니다만, 보름에서 길게는 한 달 정도 타이탄 생산을 올 스톱하려고 합니다."

정진이 뒤이어 말하자, 아직 타이탄을 지급받지 못한 간부들이 놀란 눈으로 그를 바라보았다.

"네? 아니, 무엇 때문에……."

"긴급하게 처리해야 하는 일이 발생해 급하게 제가 외국에 나가봐야 하기 때문입니다. 아시다시피 오성과 성대, 신세기 그룹에 엑시온을 납품하는 날짜는 이미 계약한 당시에 정해진 날짜이기 때문에 미룰 수 없습니다. 그래서 클랜 내 타이탄 생산보다 각 그룹에 납품하는 엑시온 제작에 총력을 기울여야 할 듯합니다. 그래서 클랜 내에는 이달 말까지 타이탄 지급이 힘들 것 같습니다."

청천벽력과 같은 말에 간부들의 표정이 굳어졌다.

물론 지금까지 타이탄 없이도 몬스터 헌팅을 잘 해왔다.

하지만 새로 등장한 강력한 무기에 매료된 이들은 이제나저제나 자신의 순서가 오길 기다리고 있었다.

그런데 갑자기 타이탄을 지급받기까지 최대 한 달 이상이 늘어나게 된 것이다.

간부들은 저마다 침울한 표정으로 고개를 떨어뜨렸다.

그렇다고 무조건 빨리 지급해 달라고 요구할 수도 없는 일이었다.

정진의 말처럼 클랜에 급하게 해야 할 어떤 일이 있다면 의뢰받은 일부터 먼저 처리하는 것이 상식이었다.

더욱이 타이탄이 클랜장인 정진을 비롯한 마법사들이 없으면 절대 만들어질 수 없는 물건이라는 건 이미 잘 알고 있는 사실이었다.

간부들은 어쩔 수 없다는 표정으로 정진의 말을 받아들였다.

"그리고 또 하나, 자리를 비우는 동안 여러분들께 부탁드리고 싶은 일이 있습니다."

시무룩하던 그들은 모두 다시 고개를 들고 정진을 바라보았다.

"얼마 전 굉장히 흥미로운 정보를 듣게 되었습니다."

"무슨 정보요?"

"뉴 어스의 인류는 멸망했고 몬스터가 대지를 지배하고 있지 않습니까?"

"그렇지요."

"그런데 그게 아니었습니다. 아직 살아남은 종족이 존재한다는 것입니다."

"예?"

조용히 이야기를 듣고 있던 이정진이 어리둥절하여 정진을 쳐다보았다.

자신이 헌터가 된 지도 벌써 20년이 되어간다.

거의 매일같이 뉴 어스를 돌아다녔지만, 한 번도 몬스터 이상의 지성을 가진 생명체를 만난 적은 없었다.

그렇다고 완전히 허무맹랑한 말로 치부할 수도 없는 것은, 클랜장인 정진을 오래 봐온 만큼 절대 아무 근거도 없는 이야기를 할 사람이 아니라는 것을 알기 때문이었다.

마도사는 말로써 법칙을 비틀어 이적을 행한다.

정진은 마도사로서 말에 진실된 힘이 깃들도록 하기 위해선 평소에도 거짓된 언행을 하면 안 된다고 했다.

"출처가 확실한 정보입니까?"

이정진은 혹시나 싶은 생각에 물었다.

정진은 진지한 표정으로 고개를 끄덕이며 대답했다.

"그렇습니다. 정보의 출처는 세계에서도 인정하는 정보 단체에서 얻은 것입니다."

'진성이가 말했던 그 블루 뱀브란 곳이 정보 단체였구나.'

정진의 말을 듣고 있던 류재욱이 미미하게 고개를 주억거렸다.

"그곳의 정보에 따르면 미국과 유럽에 뉴 어스의 인류로 생각되는 존재들이 발견이 되었다고 합니다."

"급히 외국에 나가신다는 건, 그들을 만나볼 생각이신 겁니까?"

"예, 그렇습니다."

이정진이 묻자 정진이 고개를 단호하게 끄덕였다.

"그게 타이탄 생산보다 더 중요한 일입니까?"

류재욱이 물었다.

타이탄에 가장 큰 관심을 갖고 있었기에, 지금 날짜가 미뤄진다는 것에 아직도 아쉬움을 금치 못하고 있는 것이다. 정진은 그를 보며 다시 한번 대답을 해주었다.

"네, 아주 중요한 일입니다."

이렇게까지 정진이 단호하게 대답을 하자 류재욱도 더 이상 왈가왈부할 수가 없었다.

그동안 함께 생활을 해온 만큼 정진이 이렇게까지 고집을 부릴 때는 누가 뭐라고 해도 듣지 않는다는 것을 알고 있기 때문이다.

정진은 자신이 자리를 비운 사이 진행될 일들에 대해 간부들에게 알려준 뒤 회의를 마쳤다.

† † †

"갑자기 네가 무슨 일이야, 나를 다 부르고?"

정진의 부름에 수련도 중단하고 한달음에 달려온 백장미가 물었다.

사무실에 들어서기가 무섭게 다가오는 백장미의 모습에 정진은 미소를 지었다.

아무리 봐도 자신보다 나이가 많은 누나라고는 생각되지 않는 귀여운 모습이었다.

최근 정진의 도움으로 마나를 몸에 순환시키는 동선인 마나 서큘레이션을 만든 백장미는 그 효과로 세포 하나하나가 활력을 띠게 되면서 그전보다도 훨씬 어려 보이는 모습이 되었다.

물론 정진처럼 바디 체인지를 한 것은 아니었다.

도무지 나이를 가늠할 수 없을 정도로 생생한 모습인 정진과 함께 있으면 연상임을 알 수는 있지만, 30대 중반이라고는 절대 믿을 수 없는 모습이었다.

정진과 나란히 있으면 그저 20대 연상 연하 커플 정도로 봐줄 뿐이다.

"뭘 그렇게 쳐다봐?"

저도 모르게 미소를 짓고 있던 정진은 헛기침을 하며 시선을 돌렸다.

"할 말이 있어서 불렀어."

"무슨 이야기길래 여기까지 부른 거야? 전화로 안 하고."

백장미가 툴툴거렸다. 정진은 기가 막힌다는 표정을 짓고 있었다.

통화를 하던 중 할 이야기가 있다고 하니, 알았다면서 앞뒤 가리지 않고 바로 찾아오겠다고 한 건 그녀가 아니던가. 그런데 대체 누가 불렀단 말인가?

하지만 그렇다고 따질 수도 없는 일이었으니, 정진은 어이가 없어 벌리고 있던 입을 다물고 화제를 바꾸었다.

"보름이나 한 달 정도 유럽에 좀 다녀와야 할 것 같아."

"유럽? 왜? 무슨 일로?"

뜬금없이 유럽이란 말에 백장미가 고개를 갸웃거렸다.

현대 프론티어

정진은 얼마 전 블루 뱀브의 부사장인 장하림에게서 들었던 이야기를 전해주었다.

"그게 정말이야? 뉴 어스에서 살아남은 인간들이 있다고?"

"응, 유럽에 가서 확인해 보려고 해."

고개를 끄덕이던 백장미가 문득 물었다.

"그렇구나. 근데 꼭 직접 가야 하는 일이야? 바쁘다고 하지 않았어? 간다고 하더라도 유럽에는 드워프라는 유사 인류가 있는 거라고 했으니까, 뉴 어스 인들이 있는 거 같은 미국을 확인하는 게 낫지 않을까?"

정진은 백장미에게 유럽에 꼭 가야만 하는 이유에 대해 설명해 주었다.

클랜 내적인 비밀에 가까웠지만, 결혼을 약속한 사이인 그녀에게까지 숨길 것은 없다고 판단한 것이다.

별다른 언급 없이 길면 한 달간이나 유럽에 간다면 백장미는 분명 정진을 매우 걱정할 것이다.

자신의 능력이나 배경은 이미 어지간한 외압으로는 흔들리지 않을 정도로 성장했다. 번거로움을 피하기 위해서 감추고 있을 뿐, 스스로나 아케인 클랜에 대한 정보가 완전히 알려지더라도 더 이상 어떤 위협도 받지 않을 자신이 그에게는 있었다.

"전에 이 목걸이 안에 있는 로난에 대해서는 얘기했었지?"

정진이 목걸이를 가리키며 말했다. 목걸이를 바라본 백장미가 고개를 끄덕였다.

"응, 그래서 뉴 어스 인들을 만나야 한다는 거지? 그럼 드워프들보다는 인간들을 찾아가는 게 낫지 않아? 로난도 자기랑 같은 뉴 어스 인들을 보고 싶을 거 아냐."

그러자 그 말이 맞다는 듯, 정진이 걸고 있는 목걸이가 작게 진동했다.

그것을 본 백장미가 작게 미소 지었다.

정진은 아케인 클랜 간부들이나 로난에게 했던 것처럼 백장미에게도 설명해 주었다.

정진의 설명을 다 들은 백장미가 턱을 짚은 채 고개를 끄덕였다.

"확실히 미국이라면 만나기 어렵겠네. 나도 예전에 유럽 쪽에서 뉴 어스의 종족을 발견했다는 뉴스는 들었거든. 그게 드워프라는 건 몰랐지만. 그 블루 뱀브라는 곳 말대로 그쪽은 몇 번인가 언론 보도가 됐으니까."

"응. 만나기가 더 쉽다는 것도 그렇지만, 일단 유럽 쪽에 드워프가 있다는 게 더 확실한 정보인 것 같으니까. 나는 사실 기회가 되면 드워프들을 영입하고 싶어."

문득 망설이던 정진이 백장미에게 아직 간부들에게는 말하지 않은 희망 사항에 대해서 이야기를 꺼냈다.

정해진 내용은 아니었지만, 정진이 아케인 클랜으로 드워프들을 영입하고 싶은 것은 사실이었다.

흠 잡을 데 없는 예술품, 최강의 무기. 드워프는 종족 전체가 자타가 공인하는 뉴 어스 최고의 신장(神匠)들이다.

퇴짜를 맞는다면 어쩔 수 없지만, 가능한 꼭 데려오고 싶었다.

사람과 다른 점이 있다면 그들이 선천적으로 마법을 익힐 수 없는 몸을 타고났다는 것이지만, 그런 건 그리 중요하지 않았다.

길잡이로서 드워프들은 타이탄 연구에 꼭 필요한 인재였다. 그들은 뉴 어스에도 전설처럼 남아 있는 최고의 타이탄, 골든 나이트를 제작한 종족이기도 하니 말이다.

만년이 흐른 현재 그들에게도 많은 지식이 남아 있지는 않을 것이나, 함께 연구하는 것만으로도 많은 진전이 있을 거라고 정진은 믿었다.

물론 그들이 없다고 해서 뛰어난 타이탄을 제작하지 못하는 것은 아니다.

현대 기술이라면 드워프들이 가진 기술 못지않게 정교한 작업을 할 수 있기 때문이다.

하지만 드워프들과 타이탄 연구를 할 수 있다면, 그동안 로난과 동생들이랑만 힘들게 진행해야 했던 타이탄 연구를 훨씬 수월하게 할 수 있을 것이다.

뿐만 아니라 혼자서 외로워하는 로난에게도 어느 정도 도움이 될 수 있을지 몰랐다.

어디까지나 강제적이지 않은 선에서 꼭 드워프들을 영입하고 싶었다.

"드워프들이 와줄까?"

"응, 누나도 소설이나 영화에서 보았지? 드워프들은 모두 전형적인 장인들이야. 아마 자신들이 만들어내는 물건을 발전시키는 일이라면 분명 흥미를 가질 거야."

"같이 타이탄을 연구하자고 하려는 거야?"

척하면 착이라고, 백장미는 정진이 말하는 요지를 금방 캐치했다. 정진이 굳게 고개를 끄덕였다.

"오래전 뉴 어스에서 드워프와 엘프들이 힘을 합쳐 최고의 타이탄을 만들었다고 해. 타이탄을 처음 개발한 인간들은 이종족들이 만든 타이탄을 따라잡기 위해 갖은 노력을 했지만 모두 실패했대. 지금의 드워프들이라면 먼 후손들일 테니 완전히 기억하고 있으리란 보장은 없지만, 그래도 함께 연구해서 나쁠 건 전혀 없겠지. 타이탄을 개발하고 있다고 하면 가장 가능성이 높은 쪽으로 움직일 거야."

대한민국은 현재 북한 지역을 몬스터로부터 해방시키고, 한반도를 대한민국의 권역으로 편입시킨 상태다.

어느 정도의 수인지는 알 수 없으나, 드워프들을 수용할 공간은 차고 넘쳤다.

아마 광물 자원이 많은 북한 지역이라면 드워프들의 관심도 끌 수 있을 것이다.

블루 뱀브에서 전해준 정보가 정확하다면, 드워프들은 아주 오래전에 지구로 넘어왔을 것이다.

그렇다면 드워프들 나름대로 지구의 사정이나 각지의 형편에 대한 정보를 얻을 수 있는 수단이 있을 게 분명하다.

아케인 클랜에서 타이탄을 독자적으로 개발해 냈다는 사실을 안다면 그들 역시 함께 연구하고 싶은 생각을 가지고 있을 게 분명했다.

정진이 무엇 때문에 드워프를 한국으로 데려오려고 하는 것인지 알게 되자, 백장미의 눈이 반짝이기 시작했다.

그렇지 않아도 정진에게 자신만의 특별한 타이탄을 만들어달라는 부탁을 하려던 참이기 때문이다.

현재 쓰고 있는 매직 웨폰이나 매직 아머처럼 타이탄 역시 정진의 손길이 반드시 필요한 물건이다. 그녀는 시간이 오래 걸리더라도 자신에 맞는 주문 제작 타이탄을 만들고 싶다고 생각했다.

처음부터 백장미가 자신만을 위한 주문 제작품에 신경 쓰던 것은 아니었다. 그런데 한번 정진이 만들어 준 매직 웨폰을 쓰고 나니, 공산품처럼 만들어진 것들은 사용할 생각이 잘 들지 않았다.

타이탄 또한 신세기 그룹에서 생산한 워리어급 타이탄을 이미 가지고 있지만, 똑같은 급의 타이탄이라도 정진이 커스텀해 준 더 편리하고 뛰어난 타이탄을 갖고 싶었다.

정진의 말대로 아케인 클랜이 드워프와 함께 타이탄 작업을 할 수 있게 된다면, 공장에서 생산한 타이탄이 아니라 드워프 장인이 만든 타이탄을 가질 수 있는 것이다.

"그래, 조심해서 다녀와. 가서 전화하고."

자신만의 타이탄에 대해 생각하던 백장미가 미소를 지으며 정진에게 말했다.

물론 계획한 것처럼 드워프들도 꼭 데려오라는 말이 내포되어 있었다.

다만 한 번도 말한 적 없는 주문 제작 타이탄에 대한 것을 정진이 어떻게 생각할지는 알 수 없는 일이었다.

"그런데 네가 한 달이나 유럽에 가 있으면 난 어떻게 해?"

뭔가 생각하는 듯하던 백장미가 의미심장하게 말했다.

정진이 어디를 간다고 해서 그녀가 무언가 못할 일은 전혀 없었다.

평소에도 마나 집접진이 있는 곳에서 수련을 하고, 자신의 타이탄인 화이트 로즈를 타고 실전 훈련도 하고, 백화 클랜의 내부적인 일도 처리해야 해서 좀처럼 얼굴 보기가 힘들 정도로 바쁜 그녀였으니까 말이다.

그런 사정을 다 알고 있는 정진은 그저 실소를 했다.

그럼 유럽에 가기 전까지 자신과 함께 시간을 보내라는 뜻임을 모를 리 없었다.

정진은 별말 없이 웃으며 그녀를 끌어안고 입을 맞췄다.

한참이 지난 후, 백장미가 정진을 확 밀치며 한 걸음 떨어졌다.

의아한 얼굴로 백장미를 돌아본 정진은 숨이 차서 새빨개진 그녀의 얼굴을 보곤 그만 소리 내어 웃음을 터트리고 말았다.

"우, 우리 어디 나갈까?"

그런 백장미의 말에 정진은 미소를 지었다.

"그래, 이미 처리할 일은 다 끝났으니까 바로 나가자."

그러곤 옷걸이에 걸린 외투를 집어 들었다.

외투를 걸치는 정진의 모습을 보며 기다리던 백장미는 정진이 외투를 모두 걸치자 그의 팔에 팔짱을 꼈다.

"먼저 들어가 보겠습니다. 내일 뵙겠습니다."

비서실 직원들에게 인사한 정진이 백장미와 함께 아케인 빌딩을 나섰다.

그 뒷모습을 지켜보는 비서실 직원들의 얼굴에는 부러움이 한가득 떠올라 있었다.

† † †

유럽 최고의 군수복합체인 하인켈 사.

한때 전 세계 군수산업체 중에서도 최고의 명성을 날리던 하인켈 사는 2000년 게이트 사태 이후 쏟아지는 몬스터로 인해 위기를 맞게 되었다.

지금까지 단 한 번도 상대해 보지 못한 적. 신화에나 나오는 괴물들이었다.

각국이 보유하고 있던 인간을 상대로 한 무기는 대부분이 제대로 된 위력을 발휘하지 못하게 되었다.

그로 인해 모든 군수산업체들은 존폐의 위기에 몰리게 되었다.

거의 대부분의 제작품들이 무용지물이 된 것은 물론, 게이트에서 쏟아져 나온 몬스터들로 인해 제작에 필요한 재료들을 제대로 수급할 수 없었기 때문이다. 다른 모든 산업들도 마찬가지였다.

유럽 전역에 퍼져 있던 군수산업체들은 모두 독일로 몰려들었다.

이제는 생존을 위해 인류를 위협하는 몬스터와 힘을 합쳐 싸워야 할 때란 것을 깨닫고 마음을 모은 것이다.

그 결과, 유럽 대부분의 군수산업체들이 독일의 최고 군수산업체인 하인켈 사 한곳으로 몰리면서 몬스터를 상대하기 위한 획기적인 무기들이 쏟아져 나오기 시작했다.

하지만 그것도 잠시였다. 지구로 넘어온 몬스터들은 이러한 무기들로 상대할 수 있었지만, 게이트만 넘어가면 모든 무기들이 오작동을 일으키기 시작했던 것이다.

다시 한번 절치부심한 하인켈 사는 연구에 연구를 거듭하여 아머드 기어라는 획기적인 대몬스터 병기를 개발하게 된다.

무엇이든 시도를 해야 하는 때였기에 유럽 최고의 엔지니어들은 물론, 프로그래머와 장인들까지 합심하여 대몬스터 병기를 연구한 끝에 아머드 기어가 완성되었다.

아머드 기어는 미국과 그 동맹국들이 오래전부터 연구해 오던 것 중 하나였다. 사실상 육지전의 의미가 없어진 현대에서 탑승형 병기의 효용성에 대한 의문은 항상 제기되는 문제였다. 하지만 게이트 사태가 벌어지면서 지지부진하던 아머드 기어 연구에 다시 불이 붙었다.

최초의 명성은 미국에 뺏기고 말았지만 하인켈 사의 장인과 엔지니어들은 이에 굴하지 않고 최고의 아머드 기어를 만들어 냈다.

보다 튼튼하고 탑승자의 안전을 최우선으로 하며, 운용이 직관적이어서 처음 아머드 기어를 탑승하는 드라이버도 조금 교육을 받으면 충분히 운용이 가능할 수 있게 만든 것이 바로 하인켈 사의 아머드 기어, 예거다.

처음 아머드 기어가 개발이 되고 벌써 20여 년이 지난 현재까지 하인켈 사는 미국의 레기온 사와 함께 세계 최고의 군수산업체라 불리고 있었다.

하지만 그런 하인켈 사의 사장 하인리히 칼 토마는 오늘도 자신을 찾아온 안티 드라켄 노커로부터 잔소리를 듣고 있었다.

"대체 얼마나 더 기다려야 하는 거냐?"

채 150㎝가 안 되어 보이는 작은 신장에 마치 겨울철 눈사람의 머리를 연상시킬 정도로 큰 머리, 그리고 언뜻 봐도 엄청난 상체 근육과 웬만한 사람 허리둘레보다 굵을 것 같은 팔, 굵고 곧으면서도 아주 짧은 통나무 같은 다리는 얼핏 우스꽝스러운 느낌을 주기도 했다.

하지만 그에게 잔소리를 들으면서도 명색이 하인켈 사의 사장인 하인리히는 꿈쩍도 못하고 있었다.

"바빠서 이곳에 오지 못한다 하지 않습니까. 아무리 요청을 해도 한국 정부에서 그를 보낼 수 없다는데 제가 어떻게 합니까."

하인리히는 마치 애원하듯 노커를 향해 말했다.

"그럼 내가 간다."

노커가 씩씩거리며 말했다.

매직 웨폰과 포션을 확인한 그가 하인리히에게 그것을 만든 사람을 불러달라고 한 지도 벌써 수년이 지났다.

대륙 동쪽 끝에 위치한 한국이라는 작은 나라에서 발견한 마법사의 흔적.

하지만 한국에서 발견된 온전한 형태의 타이탄은 이미 다른 경쟁국에 넘어가고, 마법사로 짐작되는 존재는 도통 연락이 닿지를 않았다.

뒤늦게 소재를 파악하고 몇 번이나 다시 요청했지만 실패였다.

"아이고, 제발 참아주십시오. 한국이 얼마나 멀리 떨어져 있는지 아십니까? 너무 위험합니다."

하인리히가 앓는 소리를 하며 노커를 뜯어말렸다.

"필요 없어. 무슨 짓을 하던 이번에야말로 만나야겠다."

"제발 시간을 더 주십시오. 한 번 더 연락해 보겠습니다."

더 이상 참을 수가 없었다.

하인켈 사와의 동맹과 상관없이, 그가 타이탄에 집착하는 이유는 따로 있었다.

고향에 있는 그의 동족을 구하기 위해선 타이탄이 꼭 필요하기 때문이었다.

위험을 뚫고 타 차원의 인간과 접촉까지 했는데, 얼마나 더 기다려야 한단 말인가? 안티 드라켄 노커는 더 이상 참을 수가 없어졌다.

언제 그들의 터전이 몬스터들에게 노출이 되어 공격받을지 모르는 상황이었다.

비록 이곳의 인간들이 도움을 주고는 있지만 그것도 한계였다.

얼마 전 벌어진 몬스터 웨이브로 인해 최후의 관문이 파괴되고 말았던 것이다.

관문을 복구하는 것보다 몬스터들이 몰려오는 시간이 더 빠를 것이다.

드워프 일족이 완전히 멸족할 위기에 놓이고 만 것이다.

정말로 한국에 마법사가 존재한다면, 자신이 그의 노예가 되는 한이 있더라도 남은 동족들을 위해 움직여야만 한다.

이렇게 하인리히와 노커의 언쟁은 평행을 그리고 있었다.

이때, 노크 소리가 들리더니 대답도 하기 전에 급히 문이 열렸다.

덜컹!

"사장님!"

"뭐죠? 손님이 계시는데……."

막 화를 내려던 하인리히는 급히 외치는 비서의 말에 입을 다물 수밖에 없었다.

"그에게서 연락이 왔습니다. 한국의 마법사에게서 연락이 왔다고요."

"뭐라고요?!"

하인리히는 펄쩍 뛰며 비서의 손에 들린 팩스를 낚아채 들여다보았다.

한편 하인리히와 언쟁을 벌이고 있던 안티 드라켄 노커는 눈을 동그랗게 뜨고 그를 바라보고 있었다.

'마법사가 온다고?'

이계의 존재인 그는 하인리히가 들여다보고 있는 서류의 글씨를 읽을 수는 없었지만, 안티 드라켄 노커는 팩스 종이를 뚫어지게 쳐다보았다.

"음……."

비서가 들고 온 팩스를 읽은 하인리히는 작게 신음을 흘렸다.

팩스는 한국의 아케인 클랜의 클랜장 이름으로 온 공식

문서였다.

그런데 그 내용은 자신이 아무리 하인켈 사의 사장이라고 하지만 쉽게 결정을 내릴 수 있는 문제가 아니었다.

'숨기려고 하지는 않았지만, 드워프의 존재를 어떻게 안 것이지?'

하인리히나 유럽연합은 드워프의 존재에 관해 숨기지는 않았지만, 그렇다고 알리지도 않았다.

인간의 본성 중 하나는 괜히 뭔가 숨기려 하면 오히려 그 것을 더 궁금해하며 찾으려 한다는 것이다. 그래서 그들은 일부러 별다른 움직임을 보이지 않았다.

다만 드워프인 안티 드라켄 노커 주변을 철저히 감시했을 뿐이었다.

누군가 그에게 접근하는 사람이나 뭔가 변화가 있을 때 수습하는 게 더 간단할 거라 판단한 것이다.

미국처럼 요란하게 숨기려 했다가는 오히려 들통나기 쉽다.

유럽연합에서는 방관적 태도를 취하면서 사람들의 관심을 피했다.

실제로 그렇게 함으로써 드워프들은 그저 몇몇 해외 토픽에 관심이 있는 사람들에게 '유럽에 뉴 어스의 존재들이 있다' 정도로만 알려질 수 있었다.

유럽연합은 미국에도 뉴 어스의 인류가 있다는 것을 알고 있었다.

너무도 요란하게 뭔가를 숨기려 하니 전 세계에 활동을 하고 있는 정보 조직들의 레이더에 포착이 되어 공공연한 비밀이 되고 만 것이다.

다만 미국이 보호 또는 억류를 하고 있는 이들은 자신들의 품에 있는 드워프와 같은 존재가 아니라 인간들이었다.

안티 드라켄 노커의 일행처럼 10여 명의 소수가 아니라 몇 백 명이나 되는 대규모 인원이라는 것도 알아냈다.

그리고 몇 개월에 걸친 조사 끝에 그들이 미국의 지붕이라 불리는 로키 산맥에 일정한 터를 잡고 생활하고 있다는 것도 알아낼 수 있었다.

몇몇 정보 조직들은 그들과 접촉을 해보려 했지만 실패했다.

그들은 지상 1000㎞ 밖에서 촬영한 자동차의 색깔은 물론, 모델까지 구별할 수 있는 첨단 관측 위성을 통해 로키 산맥 전체를 촬영했다.

하지만 그럼에도 불구하고 로키 산맥 내부에 분명 존재하는 그들의 마을은 발견하지 못했다.

위성의 고장은 아니었다. 결국 그들은 설명할 수 없는 어떤 이유로 촬영하지 못한다는 결론 외에는 아무것도 얻지 못했다.

유럽연합은 각 정보 조직과 국가들이 얻는 정보에 늘 촉
각을 곤두세우고 있었다.

한때 그 일로 유럽연합 내에서도 말이 참 많았다. 하지만
미국이 대장장이 종족인 드워프를 데리고 있는 자신들보다
월등한 뭔가를 만들어내지는 못할 거라는 생각으로 이내 관
심을 접었다.

그런데 얼마 전, 깜짝 놀랄 만한 소식이 전해졌다.

바로 미국이 타이탄을 개발했다는 것이었다.

그것도 첩보원이 아닌 뉴스를 통해서 말이다.

유럽연합의 지도자들은 이미 마법이 없이는 타이탄을 절
대 제작할 수 없다는 것을 드워프들로부터 들어 알고 있었
다.

유럽연합의 지도자들과 하인켈사의 관계자들, 그리고 마
지막으로 타이탄을 누구보다도 필요로 하고 있던 드워프 안
티 드라켄 노커는 너무나 큰 충격을 받았다.

혹시나 한국이란 나라의 마법사가 동맹인 미국에 도움을
준 것은 아닌가 의심을 하기도 했다.

하지만 한국에 파견했던 첩보원은 조사 대상이 미국과 접
촉한 흔적은 전혀 없었다고 답변을 전해왔다.

그 후 얼마 지나지 않아 그 마법사가 있다는 한국에서도

세 개의 기업이 타이탄을 개발했다는 소식이 들려왔다.

미국과 한국 양쪽을 철저히 조사하던 유럽연합과 하인켈 사는 침투시킨 첩보원들을 피해 그들이 서로 손을 잡고 타이탄을 만들어낸 것은 아닌지 다시 한번 조사하였다.

그들이 택한 조사 방법은 바로 한국과 미국에서 개발한 타이탄을 하나씩 구해 대조하며 조사하는 것이었다.

그런데 미국이 개발한 타이탄을 사는 것은 문제가 되지 않았지만, 한국에서 생산되는 타이탄은 구하기가 너무도 어려웠다.

왜냐하면 대한민국 정부에서 타이탄을 전략무기로 분류하여 해외 반출을 막는다고 공식 발표했기 때문이었다.

결국 유럽연합은 프랑스를 통해 보유하고 있던 한국의 문화재를 반환하겠다는 공문을 보내면서, 한국 정부에 타이탄을 단 몇 대라도 자신들에게 판매하도록 은연중에 압박을 넣었다.

결국 유럽연합은 갖은 협박과 회유, 거래 끝에 한국 정부로부터 타이탄을 얻어낼 수 있었다.

어렵게 구매한 한국산 타이탄을 가져와 미국의 타이탄과 1차적으로 비교해 본 결과, 두 타이탄은 겉모습은 아주 다르지만 타이탄 마스터가 탑승하는 내부 모습은 아주 흡사했다.

그들은 내부적으로 한국과 미국이 비밀리에 손을 잡았을 수도 있다고 판단하게 되었다.

하지만 드워프인 안티 드라켄 노커로 인해 그들의 판단은 틀린 것으로 판명되었다.

안티 드라켄 노커는 두 타이탄을 가져가 분석해 보더니, 들어간 마법이 비슷하긴 하지만 다른 타이탄이라고 말했다. 타이탄에 들어가는 기술은 거의 비슷하다는 것이었다.

타이탄에서 가장 중요한 것은 심장인 엑시온의 등급이었다. 엑시온이야말로 타이탄 기술의 핵심이기 때문이다.

노커는 엑시온의 등급이 높을수록 타이탄의 에고가 강력하기 때문에 더 강한 힘을 발휘한다고 설명했다. 타이탄은 병기이면서 동시에 생명체와 같은 존재이기 때문이다.

그는 이 엑시온의 미묘한 차이가 한국과 미국의 타이탄이 다른 증거라고 했다.

유럽연합은 한국과 미국이 손잡고 함께 타이탄을 개발한 것은 아니란 것을 알게 되었다.

그렇다면 대체 어떻게 타이탄이 만들어졌다는 말인가?

대몬스터 병기라고 하면 현재까지도 미국의 집시 레인저와 유럽연합의 예거를 들 수 있다.

물론 일본의 무사시나 중국이 미국의 집시 레인저를 카피한 황룡이 있기는 했지만 그것들은 집시 레인저나 예거에 비해 성능이 떨어진다.

그 덕에 예거를 개발한 이후 줄곧 모든 국가에 큰소리를 칠 수 있을 정도였는데, 얼마 전부터 상황이 완전히 반전되고 말았다.

아직까지 판매가 되고 있기는 하지만, 얼마 전부터 예거의 판매 실적이 조금씩 줄어들기 시작했던 것이다.

아머드 기어의 구매자가 줄어들기 시작한 것은 바로 미국에서, 또 한국에서 타이탄을 생산하면서부터였다.

타이탄의 개발 소식이 들려온 뒤부터 유럽연합과 하인켈 사, 그리고 드워프들까지 모두 매일 밤잠을 설쳐야 했다.

당장 그들도 하루 빨리 타이탄을 개발하지 못한다면 경쟁에서 밀려나게 생겼기 때문이다.

더욱이 한국은 그동안 그다지 눈여겨보지도 않았던 나라였는데, 몇 년 전부터 온전한 형태의 타이탄이 발견되거나 매직 웨폰 같은 획기적인 물건들이 쏟아져 나오기 시작했다. 거기다 마법사라는 사람이 나타난 후로는 더 극단적인 변혁이 생기기 시작했다.

그중 포션의 등장이나 몬스터 웨이브를 성공적으로 막아낸 일 등은 유럽연합 내에서도 언제나 빠지지 않고 등장하는 이야깃거리였다.

유럽연합은 물론 하인켈 사에서도 포션의 비밀을 알아내

기 위해 갖은 방법을 동원해 보았지만 모두 실패를 했다.

영국의 MI6은 포션의 비밀을 알아내기 위해 한국에 요원을 침투시켜 조사를 벌였고, 프랑스의 해외 안보정보총국(DGSE)에서는 아케인 클랜에서 포션과 매직 웨폰, 그리고 매직 아머를 제작한다는 것을 알아냈다.

그들은 아케인 클랜에 침투를 하여 포션의 조합법과 매직 웨폰, 매직 아머의 제작법을 빼돌리려고 하였지만 모두 실패하였다.

일개 클랜일 뿐인 곳에서 국가연합 이상의 보안 시스템을 갖추고 있는 것이다.

그것만으로도 위협적인데, 최첨단 대몬스터 병기인 타이탄마저 생산된다고 하니 충격을 넘어 공포였다.

외부적으로는 기업에서 만들어냈다고 발표되었지만, 아케인 클랜에서 포션 등을 개발했다는 것을 알고 있는 유럽연합으로서는 누가 개발했는지 너무나 빤한 이야기였다.

그들은 계속해서 포션의 제작자이자 유일한 마법사로 알려진 아케인 클랜의 클랜장을 영입 내지는 초청을 하려고 하고 있었다.

하지만 한국 정부에서 이를 지속적으로 거부하고 있어 제대로 접근하지 못하고 주변만 맴돌아야 했던 것이다.

그런데 느닷없이 아케인 클랜의 클랜장이 직접 공문을 보내 유럽에 갈 것이니 자신들이 보호하고 있는 드워프를 만나게 해달라고 요청해 온 것이다.

"무슨 내용인가?"

안티 드라켄 노커는 비서가 들고 온 팩스를 심각한 표정으로 읽고 있는 하인리히를 보며 물었다.

"음, 한국의 그가 노커를 만나게 해달랍니다."

잠시 망설이던 하인리히는 너무도 진지한 노커의 표정을 보고 결국 사실대로 정진이 보낸 팩스의 내용을 들려주었다.

한 치의 흔들림도 없는 맑은 호수를 닮은 푸른 눈. 드워프인 노커는 솔직하고 올곧은 사람이었다.

그 자신이 진실된 만큼, 노커는 하인리히의 눈을 보고 그가 진실을 말하고 있음을 알 수 있었다.

"만나겠다. 언제 온다고 하는가?"

노커는 한 치의 망설임도 없이 말했다.

정진과 만나기 위해서 한국에 가겠다고까지 했던 그였다.

정진은 마법사, 그것도 포션과 타이탄을 제조할 수 있을 정도의 실력을 가진 대마법사다. 노커는 자신들을 보호하고 있는 유럽연합의 인간들이 확보한 타이탄의 잔해나 고향에서 발굴한 타이탄의 일부를 해석해 줄 수 있는 이를 곧 만날 수 있다는 기대감에 흥분을 주체하지 못했다.

그의 나이 벌써 이백하고도 서른둘이었다.

드워프의 평균 수명이 300살이라는 것을 생각하면 꽤 오랜 시간을 살아왔다고 할 수 있었다.

일족을 대표하여 지구에 온 만큼 그는 아직도 몬스터의 위협으로부터 안전하지 못한 동족들을 생각하면 발등에 불이 떨어진 듯 초조함을 느꼈다. 하루라도 빨리 지상 유일의 마법사를 만나 드워프도 탈 수 있는 타이탄을 만들고 싶었다.

그래야만 불안한 동족들의 삶을 변화시킬 수 있다.

드워프들은 비록 신체적으로 작고 짧았지만, 그렇다고 그들이 전투를 못하는 종족이라고 치부할 수는 없다.

신은 드워프에게 다른 어떤 종족보다도 뛰어난 예술의 재능과 강인한 체력, 달궈진 쇠보다도 뜨거운 열정을 주었다.

뉴 어스의 인류가 몬스터와의 전쟁에서 패해 멸망한 후에도 드워프들이 생존해 있는 이유는, 활활 타오르는 용광로처럼 뜨거운 그들이 자신들에게 주어진 것들을 통해 지금까지도 계속 끈질기게 투쟁하고 있기 때문이었다.

하지만 그들은 본래부터 그 수가 적은 종족이다.

급격하게 늘어나는 뉴 어스의 몬스터들로 인해 그의 일족이 사는 마을은 현재도 뉴 어스에 고립되어 있다.

차원은 다르지만, 뉴 어스나 지구나 인간들은 그다지 다를 것이 없었다.

인간들은 순간적으로 화려하게 타오르는 불꽃처럼 너무도 짧고 독특한 삶을 살아간다.

그들은 몬스터를 자원이라 말하며 사냥하고 있었고, 자연의 에너지인 전기를 필요에 따라 저장하여 활용하고 있었다.

노커를 비롯한 드워프의 지도자들은 어쩌면 그렇게 기발한 생각을 해내는 인간들이라면 드워프들이 생존할 방법을 찾아줄 수 있지 않을까 생각했다. 그것이 드워프들이 지구의 인간들에게 도움을 요청하게 된 배경이었다.

"알겠습니다. 그럼 그렇게 조치를 취해놓겠습니다."

말려도 절대 소용없다는 것은 이미 알고 있다. 하인리히는 순순히 고개를 끄덕였다.

"어디에서 만나실 생각이십니까?"

'될 수 있으면 통제 가능한 곳에서 만났으면 하는데.'

하인리히가 속으로 생각했다.

"공방에서 만났으면 한다."

"알겠습니다."

안티 드라켄 노커는 일말의 망설임도 없이 곧바로 공방을 언급했다.

드워프에게 가장 편한 곳은 바로 작업을 하는 공간인 공방이다.

비록 그 공방은 원래 자신의 공방이 아닌 이곳 지구인들이 만들어준 공방이지만, 그가 마법사인 정진과 나누고 싶은 이야기는 공방에서 나누어야 할 대화였다.

Chapter 7

드워프

인천 국제공항.

비행기를 탑승하기 위한 게이트에 일단의 사람들이 모여 있었다.

그리고 그들을 둘러싼 많은 사람들이 카메라와 마이크를 든 채 이들을 지켜보며 떠들고 있었다.

공항을 이용하던 많은 사람들은 주변을 지나다 대체 무슨 일인가 쳐다보거나, 게이트 주변 사람들의 정체를 눈치채고 흥분하여 휴대폰을 꺼내 들고 촬영을 하고 있었다.

"다녀오겠습니다."

독일로 출국하기 위해 나온 정진은 자신을 배웅하기 위해 따라온 클랜원들을 향해 미소를 지었다.

그리고 보름 전 자신을 찾아왔던 블루 뱀브의 장하림을 떠올렸다.

"여러 곳이 있겠지만, 타이탄 개발 이후로 부쩍 유럽연합으로부터 연락을 받고 계시지 않습니까?"

"그렇지요."

"드워프들은 현재 유럽연합의 보호를 받고 있습니다. 아마 유럽연합을 통해 아케인 클랜에 먼저 연락을 취해올 겁니다."

한 단체의 수장으로서 처리해야 할 일이 많아 준비 기간이 상당히 걸리고 말았다.

원래는 보름 정도 유럽을 다녀오려고 계획하고 있었는데, 생각할수록 그 정도로는 어림도 없다는 것을 깨닫게 되었다.

본래도 동생들을 비롯한 직원들에게 휴가를 주려고도 했으니, 정진은 여유 있게 한 달이라는 기간을 두고 유럽에 다녀오기 위해 준비하였다.

정진은 자신이 자리에 없더라도 클랜이 원활하게 돌아가게 하기 위해 여러 일들을 했는데, 가장 우선적으로 처리한 일은 오성과 성대, 그리고 신세기 그룹에 납품해야 할 엑시온의 수량을 맞추는 일이었다.

3대 그룹 모두에 납품해야 하기에 그 수량은 결코 적은 수량이 아니었다.

더욱이 한 달 뒤에 돌아온 뒤에도 그만큼의 수량을 똑같이 납품해야 하기에, 혹시 유럽에 체류하는 기간이 늘어나게 될 것을 감안해 미리 어느 정도를 만들어놓아야만 했다.

결국 정진은 필요한 엑시온들을 모두 만들기 위해 클랜에 비축해 둔 재료를 몽땅 사용하여 내달까지 납품할 엑시온까지 어느 정도 만들 수 있었다.

무리한 작업을 하느라 정진과 함께 움직인 동생들은 모두 녹초가 되어 공항까지 배웅을 나오지 못했다.

앞으로 며칠간은 아카데미에서 학생들을 가르치는 것도 하지 못하고 마나 집접진 위에서 마나 심법만 운용해야 할 것이다.

정진은 3대 그룹과 계약한 엑시온의 문제를 해결했으니 유럽으로 가기만 하면 되겠다고 생각했다.

하지만 일은 생각처럼 쉽게 풀리지 않았다.

정부에서 그가 유럽으로 간다는 것에 우려를 표하며 제동을 걸어온 것이었다.

대한민국에서 출입국이 제한된 범죄자를 제외한 모든 국민은 여행의 자유가 보장되어 있다.

하지만 정부는 정진이 해외로 나가는 것을 허가하지 않았다.

그 이유는 바로 정진이 포션을 포함한 국가적 보호가 필요한 기술을 보유하고 있는 경호 대상자라는 것이었다.

하지만 이도 엄밀히 따지면 억지에 불과했다.

엄밀히 말해 정진이 제작하는 포션이나 타이탄 등은 그의 개인적인 능력일 뿐이다. 국가가 개발해 낸 능력이 아닌 만큼 국가적인 재산이라고 할지라도 정진이 여행까지 제한받아야 할 이유는 전혀 없었다.

막말로 지금 당장이라도 정진이 마음만 먹는다면 다른 어느 국가에서도 막대한 대가를 받으며 일할 수 있을 것이다. 아니, 굳이 타국에 의탁하지 않더라도 정진은 이미 국가의 의미를 초월하는 가치를 창출할 수 있는 재원이었다.

대한민국 정부의 입장도 이해할 수 없는 것은 아니었다.

정진이 가져온 변화는 가히 세계적인 것이었다.

몬스터 웨이브를 무사히 막아낸 것부터, 포션이나 타이탄 등을 개발한 것까지. 이룩한 업적이 많은 만큼 한국 정부는 정진이라는 인재가 대한민국에서 등을 돌리지 않을까, 타국에서 정진을 노리지 않을까 염려할 수밖에 없었다.

혹시나 정진이 외국에 포섭이 되어 이민이라도 가게 된다면 정부로서는 큰일이 아닐 수 없었다.

이런 생각에 정진의 유럽행을 허가하지 않았던 것이다.

정진은 정부 관계자를 만나 협상을 하는 길을 선택했다.

마법사인 그는 마음만 먹으면 공항을 거치지 않고도 어디로든 갈 수 있다. 하지만 범법 행위를 하면서까지 유럽에 가고 싶지는 않았다.

그렇게 하면 정진 스스로에게나 아케인 클랜에나 그다지 좋을 것이 없었다.

물론 그리 유쾌하진 않았지만 더 귀찮아질 수 있는 위험을 군이 감수해야 할 필요는 없었다.

정진은 정부 관계자들에게 자신이 결코 이민을 가기 위해 외국에 나가는 것이 아니며 꼭 필요한 일이 있어 외국에 나간다는 것을 설명해야 했다.

그 과정에서 어쩔 수 없이 정부 고위 인사 몇 명에게 로난의 존재를 밝혀야 했다.

그러면서 자연스럽게 유럽연합과 미국이 보호하고 있는 드워프와 뉴 어스 인으로 추정되는 사람들에 대한 정보 또한 알렸다.

정확히는 정부 고위층 역시 이 사실을 알고 있는 이들이 있을 테니, 자신이 그 정보를 알고 있다는 걸 밝힌 것이었다.

그러지 않으면 정부에서 허가를 해주지 않을 것이기 때문이었다.

드워프를 영입했을 때의 장점까지 설명하자, 정부는 마지못해 정진이 해외로 나가는 것을 허가해 주었다.

벌써 몇 번째 같은 이야기를 하는 건지, 정진은 여행 한 번 가기 어렵다며 속으로 한탄을 했다.

정말이지 두 번 다시 하고 싶지 않은 경험이었지만, 자신을 비롯한 모두에게 이것이 더 나은 길이라는 생각으로 참았다.

집을 나설 때, 엑시온을 만드느라 지쳐 나가떨어져 있던 정은이 부디 무사히 다녀오라며 집 앞까지 그를 배웅해 주었다.

정은은 아직도 수년 전에 정진이 뉴 어스에 일을 하러 갔다가 실종되어 두 달이 넘도록 돌아오지 않았던 일을 기억하고 있었던 것이다.

아무리 정진이 그 누구도 함부로 건드릴 수 없는 대마법사가 되었다고 하지만, 걱정되는 것은 걱정되는 것이었다.

그런 정은의 마음을 이해하는 정진은 유럽에 가서도 꼬박꼬박 집에 연락을 하기로 굳게 마음을 먹었다. 오빠가 돼서 동생을 걱정시켜서는 안 될 일이었다.

정진이 입국 게이트 안으로 들어서고, 곧 모습이 보이지 않게 되었다.

그때까지도 자리를 지키고 있던 아케인 클랜원들과 백장미 역시 공항을 떠났다.

† † †

독일 슈투트가르트.

미국의 군수 기업 레기온 사와 함께 세계 군수 산업의 양대 산맥인 하인켈 사가 자리하고 있는 도시다.

슈투트가르트는 유럽에서 최고 안전한 도시로 손꼽힌다.

2000년 게이트 사태 이후, 사람들에게 안전이란 것은 그 무엇보다 가장 중요한 조건이 되었다.

게이트로부터 먼 곳일수록 집값을 포함한 모든 물가가 비쌌고, 정부 부처 등이 있는 상대적으로 보안이나 경비가 확실한 곳일수록 사람들의 선호도가 높았다.

슈투트가르트 또한 게이트 사태 전까지는 인구가 그렇게까지 많지 않은 조용한 도시였다. 하지만 게이트가 나타나고, 몬스터들이 등장하면서 슈투트가르트의 인구와 물가도 오르기 시작했다.

물론 갑작스러운 변화는 아니었다.

유럽 전역의 기업들이 슈투트가르트에 몰려들면서 대몬스터 병기를 연구하는 도시로 변화하고, 아머드 기어인 예거가 개발되면서 서서히, 꾸준히 일어난 변화였다.

현재 슈투트가르트는 유럽에서 가장 안전한 도시로 명성을 떨치며 많은 부호와 정치인들의 자택, 각 기업들의 연구소로 가득해졌다. 동시에 높아진 인구로 인해 도시가 점점 번화하여, 도시 전체가 예전 이상의 활기를 띠게 되었다.

정진은 슈투트가르트 공항의 게이트를 빠져나와 걷고 있었다.

정정진.

문득 고개를 든 그의 눈에 한글로 된 플랜카드가 들어왔다.

'하인켈 사에서 마중 나온 사람인가.'

정진은 한국에서 출발하기 며칠 전, 미리 하인켈 사에 팩스를 보내두었다.

그와의 만남을 학수고대하던 하인켈 사에서는 자신의 방문에 대해 상당히 긍정적으로 반응했다.

사실 몇 번이나 퇴짜를 놓은 마당에 이전 연락으로부터 한참이나 지난 후에야 갑자기 독일로 가겠다며 연락한 것이었으니, 하인켈 사에서도 상당히 당황스러웠으리라.

하지만 하인켈 사는 곧바로 방문 시기나 정진의 일정에

대해 물어오며 편의를 봐주겠다는 답변을 보냈다.

뿐만 아니라 드워프를 만나고 싶다는 요구에도 긍정적이었다.

물론 100% 선의에서 그의 요청을 들어준 것이라고는 조금도 생각하지 않았다. 공항에서부터 관계자가 따라붙을 것이라는 것 또한 이미 예상한 바였다.

정진은 별 고민 없이 플랜카드가 있는 쪽으로 걸음을 옮겼다. 그쪽 역시 정진을 발견하고 다가오고 있었다.

"슈투트가르트에 온 것을 환영합니다, 정정진 클랜장. 저는 미하일 그로모프라고 합니다."

정진이 플랜카드를 들고 있는 사내에게 다가가자 그 옆에 서 있던 장년의 신사가 정진을 향해 인사를 해왔다.

그는 하인켈 사의 아시아 지부장인 미하일 그로모프였다. 플랜카드를 들고 있던 사내는 그의 비서인 아돌프 바인크였다.

원래라면 아시아 지부장인 그가 독일에 있을 리 없겠지만, 마침 본사에 볼일이 있어 며칠 머물고 있었기에 자원하여 정진을 마중 나온 것이었다.

그가 움직이니 당연히 비서인 아돌프 바인크도 따라 나올 수밖에 없었다.

"반갑습니다. 아케인 클랜의 클랜장인 정정진이라고 합

니다."

"네, 정정진 클랜장님. 소개하지 않으셔도 잘 알고 있습니다."

미하일이 씩 웃으면서 대답했다.

"절 알고 계시다고요?"

정진은 지금까지 한 번도 만난 적이 없는 사내가 자신을 알고 있다고 하니 놀란 눈으로 그를 쳐다보았다.

"아, 클랜장님과 제가 따로 만난 적은 없습니다. 다만 전 한국의 헌터 협회가 주관한 첫 아티팩트 경매 행사 때 참여한 적이 있습니다. 그때 경매장에서 정정진 클랜장을 잠깐 뵈었습니다."

"그렇군요."

"당시 정정진 클랜장께서 만든 아티팩트를 구매해서 지금도 유용하게 잘 쓰고 있습니다."

미하일은 정진을 향해 살짝 왼손을 들어 보였다.

그런 그의 왼손에는 순금으로 된 반지가 자리하고 있었다.

그것을 본 정진이 고개를 끄덕였다.

"구형 모델이군요."

정진은 미하일이 보여주는 반지를 보며, 그것이 자신이 초기에 만든 아티팩트란 것을 알아보았다.

"예, 정정진 클랜장을 뵈었던 날 낙찰 받은 것입니다."

미하일은 말을 하면서 살짝 반지를 만지작거렸다.

정진은 묘한 기분으로 미하일을 바라보았다. 미하일은 가식으로 꾸민 표정이 아니라 정말로 정진이 만든 반지를 소중히 여기고 있었다.

반지를 내려다보는 미하일의 얼굴에는 한 점의 위화감도 느껴지지 않았던 것이다.

"이것 말고도 여러 가지 컬렉션이 집에 있지만 그래도 전 이게 제일 마음에 듭니다. 정정진 클랜장님이 이걸 만드신 분이라고 생각하니 오늘 만남이 더 반갑군요."

"그렇게 생각해 주시니 감사합니다."

"덕분에 좋은 물건을 구매할 수 있었으니 제가 감사해야죠."

미하일이 웃으며 대답했다.

하인켈 사의 아시아 지부장이라면 정말로 많은 아티팩트를 소유하고 있을 것이다. 그중에서도 자신이 만든 반지를 가장 소중하게 여긴다는 그에게 조금은 호감이 생기는 정진이었다.

정진에 대해 호감을 표하는 미하일의 모습에 뒤에서 이동하는 그들을 쫓아 걷고 있던 아돌프는 놀란 눈으로 미하일의 얼굴을 쳐다보았다.

미하일은 누군가에게 저렇게까지 내심을 보이는 사람이
아니었다.

하인켈 사의 사장인 하인리히에게도 저렇게까지 살갑게
말하지 않는다.

자기애와 엘리트 의식이 강한 미하일이 평소에 어떤 성격
인지 잘 알고 있는 아돌프로서는 국적도 다른 일개 헌터 클
랜의 클랜장을 저렇게까지 반기는 모습이 도무지 적응이 되
지 않았다.

"호텔로 안내하겠습니다."

슈투트가르트 공항을 나온 미하일과 아돌프는 미리 대기
하고 있던 승용차로 정진을 안내했다.

하지만 정진은 고개를 저었다.

"아닙니다. 하인켈 사로 먼저 가주십시오."

"네? 저희 회사로 먼저 가시겠다고요? 그래도 괜찮겠습
니까?"

미하일이 깜짝 놀라 물었다.

한국에서부터 독일까지 장시간 비행을 하였는데, 바로 회
사로 간다고 하니 놀라지 않을 수 없었다.

"괜찮습니다. 전 헌터이기도 하니까요."

정진이 대답하자, 미하일은 이해했다는 듯 고개를 끄덕였
다.

"알겠습니다. 그럼 본사로 안내하겠습니다."

본인이 굳이 호텔이 아닌 회사로 가겠다는데 그것을 막을 이유는 없었다.

아니, 오히려 그렇게 해준다면 더 좋은 일이다.

오래전부터 하인켈 사에서는 정진이 마법을 알고 있다는 사실을 알고 자신들이 뉴 어스의 유적에서 발굴해 낸 타이탄의 조각들을 조사해 줄 것을 의뢰했었다.

하지만 줄곧 정진이 타국에서의 연락을 거부해 오고 있었기에 어쩌지도 못하고 안절부절못하고 있었던 것이다.

그런데 수많은 타국들 가운데서 다른 나라도 아니고 가장 먼저 자신들과 함께 이야기를 하겠다는데 반갑지 않을 수가 없었다.

†　　　†　　　†

쿵! 쾅! 챙! 챙!

"막아라! 오크들이 못 들어오게 막아!"

휘익! 쿠억!

방책을 타고 오르는 수많은 오크들, 그리고 그 위에서 필사적으로 그들을 막아내는 드워프들이 있었다.

일부는 발리스타로 원거리에서 오크들을 요격하고, 방책

을 타고 오르는 오크들을 밀어내는 드워프들은 도끼와 망치를 숨 가쁘게 휘둘렀다.

드워프들은 열심히 방책 위에서 발리스타를 쏘고, 무기를 휘두르고 있었다.

하지만 밀려드는 오크는 너무도 많았다. 방책은 당장이라도 뚫릴 듯 위태위태했다.

"조금만 더 버텨라! 노커 님이 우릴 구원하러 지원군을 데려올 것이다!"

뿔 달린 투구를 쓰고 거대한 배틀 액스를 든 드워프가 상대하던 오크의 머리를 내려치며 소리쳤다.

"힘내라!"

"와!"

그러자 여기저기에서 드워프들이 서로를 북돋기 위해 함성을 내질렀다.

하지만 전황은 쉽게 유리해지지 않았다.

드워프 일족이 숨어 있는 동굴이 오크에게 발각된 것은 꽤 오래전의 일이었다.

요즘 들어 부쩍 수가 늘어난 오크들은 하루가 멀다 하고 드워프들이 있는 동굴로 몰려들었다.

장인 종족으로서 직접 만들어낸 튼튼한 방책과 강인한 체력을 바탕으로 마을 전사들이 계속 버티고는 있었으나, 그것도 이미 한계에 부딪쳤다.

이미 예전에 뚫렸어도 이상하지 않을 정도로 전황은 극단적이었다.

"으아악! 살려줘!"

"노움! 안 돼!"

오크들에게 붙잡힌 한 드워프가 방책 밑으로 떨어져 사라지고 말았다.

"대장님, 서문은 더 이상 버티지 못할 것 같습니다!"

이제 막 성인이 된 듯 보이는 젊은 드워프가 다급한 얼굴로 뿔 투구를 쓰고 있는 드워프를 향해 말했다.

그런 젊은 드워프의 외침에 대장이라 불린 드워프가 상대하던 오크를 마무리하고 고개를 돌려 그 드워프가 외친 서문을 돌아보았다.

그곳 역시 한참 오크와 드워프들이 뒤엉켜 싸움을 하고 있었다. 바닥에는 오크의 시체뿐만 아니라 간간이 죽은 드워프의 시신도 상당수 보였다.

바닥에 쓰러져 있는 동족의 시체를 본 대장 드워프는 끓어오르는 분노를 참을 길이 없었다.

그렇다고 당장 그쪽으로 병력을 이동시킬 수도 없었다. 그가 있는 북쪽도 지금 간당간당한 상황이라 자리를 비울 수조차 없었다.

대장 드워프는 참담한 얼굴로 바닥에 누워 있는 동족의 차가운 시체들을 바라보았다.

결국 망설이던 그는 자신과 함께 북문을 지키고 있던 드워프들 중 일부를 서문으로 보내기로 마음먹었다.

북문이 중요하긴 하지만, 서문이 뚫리게 되면 위험해지는 것은 매한가지다.

뿔이 달린 투구를 쓴 대장 드워프는 세 마리의 오크에게 합동 공격을 당해 위기에 처해 있는 한 드워프 쪽으로 날듯이 달려갔다. 그리고 들고 있던 배틀 액스를 야구방망이처럼 크게 휘둘러 그대로 오크 하나를 날려 버리곤 외쳤다.

"드리텐!"

"네, 대장님!"

대답을 하는 드워프 또한 전투를 중단하지 않고 대답했다.

"여기서 네 명을 더 데리고 가서 서문을 지원해라! 그곳이 뚫리면 여기도 위험해질 거다!"

"알겠습니다. 군터, 버긴, 하긴스, 타쿤! 날 따라와라! 서문을 지원한다!"

대장의 지시를 받은 드리텐은 급히 다른 드워프들을 부르며 상대하던 오크를 뒤로하고 빠르게 서문으로 뛰어갔다.

그의 뒤로 방금 호명된 드워프 넷이 그를 따라 서문으로 이동했다.

그사이 대장 드워프는 그들이 상대하던 오크들을 향해 허리춤에 매어 놓은 손도끼를 집어 던졌다.

다른 드워프들과 함께 서문에 도착한 드리텐은 막 쓰러져 있는 드워프 하나를 덮치는 오크의 모습을 보았다.

"어딜 감히!"

달려가던 속도 그대로 위로 뛰어오른 드리텐이 그대로 오크의 머리를 내리찍었다.

쾅!

퍼석!

보통이라면 양팔로 들어 올리기도 힘들어 보이는 엄청난 크기의 배틀 액스다.

드리텐이 접근하는 것조차 보지 못한 채 쓰러진 드워프를 공격하려고 하던 오크는 그대로 절명하고 말았다.

마른 장작처럼 머리가 쪼개져 버린 오크의 시체만이 쓰러진 드워프의 옆으로 쓰러졌다.

하지만 오크는 하나만이 아니었다.

쉴 틈도 없이 바로 또 다른 오크가 이제 막 바닥에 착지한 드리텐과 다른 드워프들을 노리고 달려왔다.

"더러운 오크들을 모두 몰아내자!"

드리텐은 들고 있던 배틀 액스의 옆면으로 오크가 휘두르는 글레이브를 막으며 소리 높여 외쳤다.

"와!"

"죽여라!"

드리텐의 고함에 다 쓰러져 가던 서문이 함성으로 가득해졌다. 전장의 분위기는 다시 한번 뒤집어졌다.

조금 전까지만 해도 패색이 짙던 서문 쪽 전황이 비록 다섯 명뿐이지만 지원군이 오자 다시 팽팽해진 것이다.

수없이 밀려드는 오크들을 상대로도 전혀 굴하지 않고 도끼질을 하는 드워프들의 기세에, 겁을 먹은 오크들이 슬금슬금 뒤로 꽁무니를 빼기 시작했다.

처음 공세를 시작했을 때에 비해 오크들의 숫자는 상당히 줄어 있었다.

드워프 쪽에도 사상자가 있었지만, 공성을 하는 쪽인 오크들은 그 몇 배나 죽었다.

워낙 몰려든 숫자가 많았기에 전체적으로 보면 드워프 쪽의 피해와 크게 다를 바가 없었지만, 수를 믿고 덤벼든 오크들은 세력이 줄었다는 것을 느끼자 금방 꼬리를 말고 도망쳤다.

오크들은 모두 저돌적이고 맹목적인 특징이 있지만, 집단생활을 하는 몬스터로서 소속감이 강하다. 그렇다고 생각하는 머리가 없는 것은 아니다.

전황이 불리해졌다는 것을 깨달은 지휘관급 오크가 후퇴를 명령하자마자 수많은 오크들이 썰물이 빠지듯 사라지기 시작했다.

"오크들이 도망친다!"

"쫓아라!"

"죽여라!"

오크들이 후퇴하기 시작하자, 방책 위에서 오크들을 상대하던 드워프들이 그들의 뒤를 쫓아가려고 했다.

그때, 뿔이 달린 투구를 쓴 대장 드워프, 파이어 해머가 크게 소리쳤다.

"오크를 쫓지 마라! 오크를 죽이는 것보다 부상당한 동족을 구하는 것이 먼저다!"

그러자 도망가는 오크들을 쫓으려던 드워프들이 분한 얼굴로도 다시 되돌아왔다.

죽은 동족들을 생각하면 오늘 침입해 온 오크뿐만 아니라 뉴 어스에 있는 모든 오크들을 다 절멸시켜 버리고 싶었다.

뿔 달린 투구를 쓰고 누구보다 용맹하게 오크를 상대했던 파이어 해머 역시 다른 드워프들과 마찬가지로 분노하고 있었다.

하지만 그럴 수 없었다. 오크들은 또 쳐들어올 것이다.

오크들이 도망친 자리에는 방금 전 전투로 부상을 입어 신음을 하고 있는 동족들이 너무도 많았다.

현재 남아 있는 동족의 숫자는 많지 않았다.

이대로 가다가는 다른 종족들처럼 드워프도 이 세상에서 멸종을 당할지도 모른다.

그런 불안감이 있어서 그런지 파이어 해머는 무엇보다 최우선으로 동족을 구하는 것에 전념하고 있었다.

파이어 해머는 자신에게 동족의 안전을 부탁하고 도움을 요청하러 떠난 노커를 떠올렸다. 그가 돌아오기 전까지 어떻게든 동족들을 지켜야 한다.

몬스터들에게 멸망을 했을 것이라 생각했던 호빗들이 생존해 있고, 그들이 몬스터를 사냥한다는 이야기를 들었을 때는 정말이지 깜짝 놀랐다.

호빗들이 예전처럼 배타적이지 않고 자신들에게 호의적인 것에 희망을 갖고 도움을 청하기 위해 떠났다.

하지만 그렇게 떠난 노커의 소식이 몇 년 전부터 뚝 끊어졌다.

무슨 이유에서인지 모르겠지만 마법사를 발견했으니 그를 데리고 오겠다는 소식이 마지막이었다. 그 이후로는 소식이 하나 없다.

그 때문에 드워프들 사이에서는 노커가 죽은 것은 아닌가

하는 이야기도 나오고 있었다.

노커의 나이가 이미 드워프로서도 상당하기도 했고, 고립되어 있는 자신들로서는 바깥이 대체 어떻게 바뀌었는지 전혀 알 수 없었다.

파이어 해머는 그럴 리가 없다고 믿었지만, 오랫동안 소식이 없으니 마을에 부정적인 소문이 도는 것도 어쩔 수 없었다.

그가 할 수 있는 것이라고는 이런 소문에 대해 들을 때마다 말도 안 된다는 듯 일축하고, 지칠 대로 지친 드워프들을 어떻게든 독려하는 것뿐이었다.

아직 아무것도 확인된 것은 없다. 이 위태로운 전쟁을 앞으로도 더 이어나가야만 하는 상황에 그들 스스로 유일한 희망을 포기할 수는 없는 노릇이었다.

'대체 어디 계신 겁니까.'

파이어 해머는 씁쓸한 얼굴로 전장을 수습하는 동족들을 보며 어서 빨리 호빗들에게 도움을 청하러 갔던 노커가 돌아오길 바랐다.

끼익!

정진과 미하일이 탄 차가 정차한 곳은 하인켈 본사가 아닌, 슈투트가르트 외각의 한적한 농가였다.

원래 계획대로라면 하인켈 사로 향해야겠지만, 중간에 목적지가 바뀐 것이다.

"여긴?"

긴가민가하고 있던 정진은 차가 마침내 정차하자 의아해하며 물었다.

한적한 농가의 모습이었다.

유럽 어디서든 쉽게 볼 수 있는 벽돌로 만든 집들, 그 옆어 있는 작은 호수. 호수 주변에는 거위와 백조들이 노닐고 있었다.

무엇 때문에 이곳까지 온 것인지 잊어버릴 정도로 평화스러운 모습에 정진은 조금 황당한 표정을 지었다.

"원래 계획은 내일이나 모레쯤에 이곳으로 모실 생각이었습니다. 그런데 저희 쪽에 정정진 클랜장을 매우 만나고 싶어 하시는 분이 계셔서 이곳으로 먼저 모시게 됐습니다. 죄송합니다."

하인리히가 고개를 숙이며 사과를 하였다.

"절 만나고자 하시는 분이 계시다고요?"

"그렇습니다."

"대체 누구기에 그러십니까?"

사실 그리 유쾌한 기분은 아니었다.

목적지를 일방적으로 바꾸다니, 비록 자신도 일방적으로 통보를 하기는 했지만 그것은 이전부터 그쪽에서 먼저 자신을 만나고자 요청을 했던 것을 승낙하고 온 것이 아닌가. 별문제가 될 건 없었다.

정진은 하인켈 사의 본사로 가서 사장을 만나보고, 그가 원하는 것들이 수용할 수 있는 것이라면 적당히 들어줄 생각이었다.

그의 목적은 드워프들을 만나는 것이다. 하지만 공짜로 만나게 해줄 거라고는 기대하지 않았다. 때문에 도착하자마자 본사로 가겠다고 한 것이다. 빨리 하인켈 사와의 일을 처리하고 드워프들과 이야기하고 싶었다.

하지만 중간에 방향을 틀어 이곳으로 자신을 데려왔다는 것에 이들이 무슨 일을 꾸미고 있는 것은 아닌지 의심이 들었다.

"급하게 일정이 바뀌게 되어 정말 죄송합니다. 이곳 또한 내일이나 모레쯤 방문할 계획이었으니 오해하지 마시고 너그럽게 이해해 주셨으면 합니다."

정진이 불편해하고 있다는 것을 알아본 미하일이 말했다.

"알겠습니다. 하지만 제 개인적인 일정도 있으니 참고할 수 있도록, 일정에 변화가 있다면 미리 제게 얘기해 주셨으면 좋겠습니다."

"그렇게 하겠습니다."

정진이 미하일을 따라 차에서 내렸다.

"그럼 이쪽으로 오십시오."

미하일은 근처에 있는 농가 쪽으로 정진을 안내했다.

그의 뒤를 따라가던 정진이 아주 작게 중얼거렸다.

"디텍트 이블(Detect Evil)."

그러자 마나가 흩어지며 농가 주변은 물론 마을 전체의 기운을 감지하기 시작했다.

'특별한 것은 없군.'

몇몇 생명체의 반응이 농가 주변에 있었지만, 자신에 대한 어떤 적대적인 느낌은 없었다. 다만 조금 긴장을 하고 있음을 알 수 있었다. 농가 안에 무엇이 있는지는 알 수 없으나, 주변 경계가 삼엄한 모양이었다.

'위험할 것은 없어.'

실제로 자신을 위협할 정도의 무기는 거의 없다고 봐도 무방했다.

개인 화기는 착용하고 있는 아티팩트가 자동으로 작동할 테니 의식할 것도 없이 저격도 방어할 수 있다.

먼 거리에서 대전차 무기 등으로 공격한다 해도 아티팩트에 저장된 방어 마법을 뚫을 수 없었다.

아마 정진을 위협하려면 이 주변 일대를 모두 단번에 초토화시킬 수 있는 대규모 폭발을 일으켜야 할 것이다. 그것도 타격을 받을 때까지 정진이 인식하고 반응할 수 없을 만큼 빠르게, 순간적인 공간 이동 마법으로는 회피가 불가능할 정도로 강하게 말이다.

하지만 8클래스 마법사인 정진의 인식 범위는 상상을 초월한다. 공격받기 전에 인식하지 못할 가능성은 거의 0에 수렴했다.

일반 헌터만 해도 보통 사람들보다 인식 범위가 넓다.

마정석의 에너지로 인해 신체의 세포 하나하나가 모두 활성화되어 있기에 아주 예민한 감각을 갖고 있는 것이다.

정진은 헌터들의 수준을 떠나, 바디 체인지까지 겪어 감각기관 자체가 인간을 초월해 있다.

핵이라도 떨어뜨리지 않는 이상 위험해질 리가 없었다. 정진은 어떤 공격을 받더라도 안전하게 몸을 피할 자신이 있었다.

"정정진 클랜장님, 안에 무엇이 있어도 너무 놀라지 마시기 바랍니다."

문 앞에서 멈춰 선 미하일이 말했다.

"알겠습니다."

마법을 통해 숨 쉬듯 너무나 쉽게 돌아가는 상황을 파악한 정진은 태연한 얼굴로, 그가 무슨 짓을 한 건지는 전혀 상상하지도 못하고 있을 미하일을 따라 농가 안으로 들어섰다.

미하일은 입고 있는 정장의 깃과 밑단을 정리하고는 문고리를 잡았다.

그런 미하일의 모습에 정진은 눈을 반짝였다.

'안에 누가 있기에 저러는 것이지?'

하인켈 사의 아시아 지부장이라는 사람이 저렇게 조심해야 할 존재가 누구일지 잘 상상이 되지 않았다. 정진은 호기심 어린 얼굴로 미하일의 뒤에 따라붙었다.

"들어가시지요."

미하일은 준비가 끝나자 정진을 돌아보며 말을 하고는 문을 열었다.

덜컹!

작은 소음과 함께 문이 열렸다.

안을 확인한 정진은 눈을 동그랗게 떴다.

내부는 끓는 용광로에서 나온 열기로 후덥지근했고, 곳곳에서 망치로 쇠를 두드리는 소리로 가득했다.

그리고 곳곳에 보이는 눈에 띄게 작은 사람들.

'이곳에 있었다니.'

뜻하지 않게 곧바로 목적을 이룬 정진이 속으로 미소를

지었다. 도착하자마자 드워프를 만나게 될 거라고는 상상도 하지 못했는데, 귀찮은 과정 하나를 생략한 것 같아 기분이 들떴다.

미국보다는 수월하겠지만 그렇다고 이렇게 쉽게 만날 수 있을 거라고는 전혀 생각하지 않고 있었기 때문이다.

블루 뱀브의 장하림은 드워프들이 유럽에서 장인으로서 대우를 받고 있다고 했지만, 정진은 그것을 100% 사실은 아닐 거라고 생각했다.

인간의 이기심이 얼마나 편향되어 있는지 잘 알기 때문이다. 유럽인들이 그렇게 생각한다 할지라도, 이종족인 드워프들의 생각은 듣는 것과는 다를 수 있다고 판단한 것이다.

드워프들의 표정을 보면 듣던 것과 그리 다르지 않다는 것을 느낄 수 있었다.

정진이 본 드워프들은 어떤 걱정거리가 있는 듯 조금 우울해 보이긴 했지만, 억압을 받아 그런 것은 아닌 것처럼 보였던 것이다.

이런 느낌을 받은 이유는 바로 드워프와 같은 공간에 있는 인간들의 표정에서 알 수 있었다. 드워프를 보는 그들의 표정은 무한한 경의를 표하고 있었다.

마치 학생이 선생에게 보내는 신뢰와도 무관하지 않았다.

"마스터님! 마스터님께서 원하시던 분을 모시고 왔습

니다.”

미하일은 한참 작업을 감독하고 있는 늙은 드워프의 곁으로 다가가 이야기를 하였다.

인간 장인들의 작업을 지켜보고 있던 안티 드라켄 노커는 갑자기 들리는 목소리에 고개를 돌렸다.

그곳에는 언젠가 본 적이 있는 인간의 모습이 눈에 들어왔다.

하지만 노커는 미하일을 보고 있지 않았다.

그의 뒤에 검은 머리의, 지금까지 본 적 없는 생소한 생김새의 인간이 서 있었다.

오랜 삶을 살아온 그는 직감적으로 그 검은 머리의 낯선 인간이 자신이 그렇게 기다리던 마법사라는 것을 알 수 있었다.

“당신이 한국이란 나라에 있다는 마법사인가?”

노커는 확인을 하기 위해 물었다.

정진은 대답을 하기 전 자신에게 말을 걸어오는 노커의 눈을 지그시 쳐다보았다.

“드워프가 생존해 있다는 말을 듣기는 했지만 이렇게 직접 보게 되다니 놀랍군요.”

정진은 대답 대신 그렇게 자신의 감상을 말했다.

그런 정진의 말에 노커는 별로 상관하지 않고 정진의 앞에 무언가를 내밀었다.

지구로 온 이후 그가 항상 품에 품고 다니는 그 물건은 지금까지 여러 사람에게 보여준 것이었다.

하지만 어느 누구도 그것의 정체를 알아본 사람은 아무도 없었다.

정진은 잠시 자신의 앞에 뭔가는 내미는 노커의 모습에 그것이 무엇인지 잠시 쳐다보았다.

정진의 눈이 이채를 띠었다.

우웅!

동시에 정진이 목에 걸고 있는 목걸이에서도 작게 신호가 울렸다.

[정진! 오리하르콘이다.]

목걸이에 있는 로난이 흥분한 목소리로 정진에게 노커가 내민 물건의 정체를 알려왔다.

하지만 로난이 알려주기 전에 이미 노커가 내민 물건의 정체를 알고 있던 정진은 긴장된 표정으로 그것을 받아 들었다.

노커에게서 받아 든 오리하르콘을 조심스럽게 살피던 정진은 곧 자신이 들고 있는 것이 순수한 오리하르콘이 아닌 합금의 형태란 것을 알 수 있었다.

분명 순수하진 않지만 불순물과 적절한 비율로 균일하게

섞여 있었기 때문이다.

정진은 노커가 건네준 오리하르콘을 받아 들며 살며시 마력을 불어 넣었던 것이다. 마력이 주입되자 오리하르콘이 마력을 증폭하는 것이 느껴졌다.

'철이 아닌 미스릴과 합금을 했구나. 그것도 순도가 아주 높은 정제한 미스릴로 합금했다.'

마력을 조금만 불어 넣었는데, 증폭되어 돌아오는 양이 무척이나 컸다.

비록 순수한 오리하르콘보다는 적겠지만 마법 금속인 미스릴의 자체적인 증폭량보다는 월등히 컸다.

그러면서도 파장은 무척이나 안정적이라는 건 합금을 한 미스릴이 불순물이 아주 적은 순도가 높은 미스릴이었다는 것을 시사한다.

"오리하르콘이로군요."

정진은 자신의 손바닥에 놓인 밝은 노란색 금속을 보며 고개를 끄덕였다.

언뜻 보기에 순금으로도 보이지만, 금보다 더욱 밝은 광채를 뿜고 있다. 결코 그것이 금이 아니란 것을 말하고 있었다.

하지만 정진의 대답을 듣고 있던 노커의 눈에는 작은 실망감이 깃들었다.

하지만 바로 이어지는 정진의 대답에 깜짝 놀란 모습이 되었다.

"설마 지구에서 이렇게 잘 합금된 오리하르콘 합금을 볼 줄은 몰랐습니다. 이것이 어떤 물건의 조각이란 것이 아쉽군요."

확실히 정진이 살핀 오리하르콘 합금은 막대의 모습을 하고는 있었지만 원래 모양이 그런 것은 아니었다. 어떤 물건에서 떨어져 나온 것 같았다.

이런 정진의 지적에 노커는 깜짝 놀라며 정진을 뚫어져라 쳐다보았다.

"어떻게 알았나?"

사실 처음 정진이 대답했을 때, 오리하르콘이라는 것은 말했지만 합금이라는 것까지는 알아보지 못한다고 생각했다. 그 말인즉 오리하르콘의 특성까지는 알고 있지만 마나를 품은 광석의 순도까지는 구분할 수 없는 수준의 마법사라는 뜻이다.

하지만 받아 든 지 얼마 되지도 않아 정진은 합금이라는 것은 물론 이것이 어딘가에서 떨어져 나온 물건이라는 것까지 파악한 것이다.

그런 노커의 질문에 정진은 별거 아니란 듯 대답을 해주었다.

"오리하르콘은 일명 신의 금속이라고 불릴 정도로 마력 증폭에 있어선 그 어떤 금속도 따라가지 못합니다. 그런데 순수한 오리하르콘이라고 보기에는 그 증폭력이 떨어지더군요."

정진은 자신을 주시하는 노커를 보며 차분하게 설명을 계속하였다.

"확실히 드워프의 솜씨는 알아줘야 할 것 같군요. 이렇게나 마나를 안정적으로 증폭되도록 미스릴을 정제해 합금을 만들다니 말입니다. 오리하르콘을 섞었다지만 쉬운 일이 아니었을 텐데요."

정진의 대답을 듣고 있던 노커는 다시 한번 놀랐다.

설마 자신이 보여준 오리하르콘이 합금인 것뿐만 아니라 정제한 미스릴을 이용했다는 것도 알아내다니. 그는 할 말을 잊었다.

한편 이곳 공방의 책임자인 노커가 처음 보는 동양인과 이야기를 하더니, 주머니에서 어떤 물건을 꺼내 그 남자에게 내보이자 공방에서 작업을 하고 있던 장인들은 일체 작업을 중단했다.

그리고 조용히 그곳을 빠져나갔다.

노커가 그와 뭐가 중요한 것을 논의할 것이란 직감에 자연스럽게 자리를 피해준 것이다.

한편 작업을 하기 편하도록 만들어준 이곳 공방에 도착을 하자마자 뭔가 심각한 대화를 하는 정진과 노커의 모습에 미하일은 물론이고 그의 비서인 아돌프는 한쪽에 마련된 의자로 가서 앉았다.

　아무래도 대화가 아주 길어질 모양이었다.

Chapter 8

안티 드라겐 노커

슈투트가르트 외각의 드워프 공방.

총 여섯 명의 드워프가 있었다.

드워프의 수장인 안티 드라켄 노커를 필두로, 그가 몬스터들을 피해 인간들에게 도움을 청하기 위해 터전을 빠져나올 때 함께 나온 이들이었다.

물론 처음 출발할 때도 여섯 명이었던 것은 아니었다.

몬스터의 땅이 된 산맥을 가로질러 인간들이 있는 곳까지 가기 위해선 상당한 위험이 따르는 탓에, 출발 당시에는 호위대를 데리고 있었다.

그렇다고 너무 많은 전사들을 호위로 빼게 되면 마을이

위험하기에 인원을 최소한으로 줄이고 줄여 자신을 포함해 총 열한 명으로 마을을 출발했다.

나오는 길은 상상 이상으로 너무나 힘들었고 길었다.

호위대를 포함한 총 다섯 명의 드워프가 몬스터와의 전투에서 죽거나, 부상으로 행로를 따라가지 못하는 몸이 되어 작별하게 되었다.

동족들이 한 명, 한 명 곁을 떠나갈 때마다 지도자인 노커는 가슴이 찢어지는 듯한 아픔을 느꼈다.

대륙이 몬스터에 의해 멸망하기 전 진즉 다른 종족과 힘을 합쳤더라면 이런 참담한 결과를 겪지 않아도 되었을 것을. 그놈의 자존심 때문에 드워프는 물론이고, 엘프와 호빗, 그리고 수인족들도 서로를 질시하며 외면했다. 그리고 그 결과가 바로 이것이었다.

가장 먼저 수인족이 몬스터에게 멸족이 되었다.

그들은 내심 수인족이 타고난 신체적 능력이 뛰어나기에 가장 오래 살아남을 것이라 생각하고 있었다. 하지만 예상을 뒤엎고 자신들의 타고난 신체의 능력을 과신하고 도구를 발전시키지 않은 수인족은 엄청난 숫자로 몰려드는 몬스터 웨이브를 감당하지 못하고 멸족하고 말았다.

마치 해변에 만들어 놓은 모래성이 파도에 쓸리듯 그렇게 사라지는 모습을 보며 이종족들의 공포는 더욱 커졌다.

그에 비해 신체적으로 다른 유사 인류보다 약했던 호빗들, 즉 뉴 어스의 인간들은 자신의 약점을 너무도 잘 알고 있었다. 그들은 처음부터 강력한 무기를 만들어 몬스터와 싸웠다.

한때 호빗은 자신들이 만든 무기를 앞세워 몬스터를 몰아내기도 했다.

하지만 호빗은 태생의 한계를 벗어나지 못했다.

오크 못지않게 욕심 많은 호빗들은 눈앞의 위협을 생각하지 못하고, 동족의 안전보단 자신의 욕망에 더 충실했다.

결국 그들은 몬스터의 위협으로부터 단합을 하지 못하고 여러 갈래로 분열한 끝에 지리멸렬하고 말았다.

참으로 어리석은 일이 아닐 수 없었다.

문제는 몬스터만큼이나 호전적이고 또 숫자도 많았던 호빗들이 모두 멸족하자 그 뒤로 수가 적은 엘프와 드워프로서는 몬스터를 감당할 수가 없게 되었다는 것이다.

이전까지만 해도 그들은 호빗들이 잘 싸우고 있으니 금방 몬스터의 위협으로부터 안전해질 것이라 생각하고 있었다. 때문에 몬스터들이 몰려왔을 때, 드워프와 엘프는 안전한 곳으로 피신하며 각자의 삶을 그대로 영위하고 있었다.

만약 호빗들이 멸족하기 전에 그들을 도와 몬스터들과 싸우려 했다면 호빗들이 멸족하는 일도 없었을 것이고, 이렇게까지 상황이 나빠지지 않았을 것이다.

하지만 후회는 아무리 빨라도 늦은 것.

호빗들이 사라진 뒤, 당연하게도 몬스터의 다음 타깃은 바로 남은 드워프와 엘프가 되었다.

뒤늦게 자신들의 실책을 만회하기 위해 드워프와 엘프는 자신들의 진지인 지하 동굴과 숲을 기반으로 하여 몬스터들을 상대로 필사적인 방어전을 펼치기 시작했다.

그렇지만 드워프의 용맹한 전사들도, 정령의 가호를 받는 엘프도 끝없이 밀려드는 수많은 몬스터들 앞에서는 속수무책이었다.

결국 밀릴 대로 밀린 그들은 모두 몬스터의 위협에서 생존을 위해 깊은 곳으로, 더 깊은 곳으로 계속 도망쳐야만 했다.

하지만 뉴 어스의 어느 곳에도 몬스터는 존재했다.

몬스터의 위협은 사라지지 않았다.

몬스터는 그들의 뛰어난 신체 능력으로 엘프와 드워프를 계속 궁지로 몰았다.

그렇게 생존을 위해 싸움을 하고 도망도 치며 아주 긴 세월이 흘렀다.

다리가 짧은 드워프의 신체 조건으로는 숲에서 전투를 펼치기가 힘들었다.

그래서 그들은 스스로의 신체에 적합한 터전으로 삶의 터전을 옮기게 되었는데, 그곳이 바로 현재의 드래곤 산맥이었다.

오래전 드래곤 산맥에는 많은 드래곤들이 살고 있었으나, 어느 순간 드래곤들이 사라지면서 드래곤 산맥 전체가 무법지대가 되었다.

통제를 하던 드래곤들이 사라지자 몬스터들은 저들끼리 무한 경쟁에 들어갔다.

그런 곳에 드워프들이 자리를 잡은 것이다.

드래곤 산맥에 서식하고 있는 몬스터는 어떻게 된 일인지 그동안 드워프들이 상대를 하던 몬스터들과는 조금 달랐다.

그것들도 몬스터였기에 드워프를 보면 잡아먹기 위해 공격해 오곤 했으나, 어떻게든 그들을 마구잡이로 추적해 오는 산맥 밖의 몬스터들과는 달리 그들을 쫓아오지 않았던 것이다.

오히려 밖으로부터 드워프들을 쫓아와 자신들의 영역에 들어온 몬스터들과 싸우기도 했다.

그 덕에 드워프들은 드래곤 산맥에 안식처를 마련해 한숨 돌릴 수 있었다.

그렇게 아주 긴 세월이 흘렀다.

드워프들의 삶이 다시 어려워진 것은 비교적 최근의 일이었다.

이유는 알 수 없으나, 언젠가부터 드래곤 산맥의 몬스터들이 산맥 밖의 몬스터들과 아주 흡사해지기 시작했던 것이다.

같은 종이라도 자신의 영역에 들어오면 잡아먹는 것이 몬스터다.

그런데 어떤 시기가 되면 몬스터들이 먹이사슬을 무시하고 집단 행동을 하기 시작했다.

이전에는 기존에 살고 있는 몬스터들의 영역만 침범하지 않으면 대체로 안전했지만 이후로는 그렇지 않았다.

수시로 영역을 무시하고 드워프들이 있는 곳으로 들어오기 시작한 것이다.

이렇게 몬스터와의 전쟁이 다시 시작되면서 드워프의 숫자는 다시 줄어들기 시작했다.

몬스터와 전쟁을 시작한 후로 5천까지 떨어졌던 인구가 오랜 세월이 흘러 1만 2천 명까지 늘어났었는데, 다시 전쟁이 발발하면서 그 숫자는 점점 떨어져 자신의 대에 와서는 2천8백까지 줄어들고 말았다.

그도 그럴 것이 몬스터와의 전쟁으로 갈수록 식량을 구하기가 어려워졌기 때문이다.

그전에는 일부 땅을 개간해 호빗들에게 배운 농업으로 일부의 식량을 수급하거나, 드래곤 산맥 내에 유실수에서 과실을 따거나 짐승들을 사냥할 수 있었다. 하지만 전쟁이 시작되면서 이러한 사냥과 채집을 할 수가 없게 되었다.

식량이 부족해지니 인구가 쉽게 늘 리가 없었다.

몬스터와의 전쟁으로 전사의 숫자는 줄어드는데, 태어나는 아이의 숫자가 줄어드니 자연적으로 계속해서 드워프들의 인구가 점점 감소하였다.

인구가 줄어드니 종족을 지킬 전사의 숫자도 줄어들고, 활동이 더욱 위축이 되어 식량 수급에 문제가 발생하는 악순환이 계속 반복되었다. 결국 지금 와서는 종족의 존폐가 걸려 있는 문제로 부상했다.

노커가 마을을 떠나온 지도 벌써 상당한 시간이 흘렀다.

지금에는 마을에 남은 동족의 수가 얼마나 줄어들었을지 알 수가 없다.

안티 드라켄 노커는 자신의 앞에 마주 앉아 이야기를 듣고 있는 정진에게 그동안 뉴 어스에서 자신들이 어떻게 살고 있었고, 무슨 일이 벌어졌는지에 대한 사건들을 이야기해 주었다.

"말씀하시는 중에 죄송한데, 뉴 어스 인, 호빗들이 정말로 멸족한 것이 맞습니까?"

정진은 자신이 들은 정보와 조금 다른 이야기를 하는 노커의 말에 질문을 하였다.

블루 뱀브의 부사장인 장하림은 분명 뉴 어스 인으로 짐작되는 이들이 미국의 보호를 받고 있다고 했다.

정진도 미국이 만들어내는 각종 대몬스터 무기에서 마법의 흔적을 발견했다. 때문에 장하림의 말에 신빙성이 있다고 판단한 것이다.

그런데 지금 드워프의 수장인 안티 드라켄 노커는 뉴 어스 인이 전부 멸족을 했다고 말한 것이다.

정진은 이 문제를 확실히 짚고 넘어가야 할 필요성을 느꼈다.

어떤 정보가 더 정확한지 알고 있어야 나중에 미국에 가더라도 행동의 범위를 정할 수 있기 때문이다.

"나도 직접 눈으로 본 것은 아니기에 멸족했다고 확신할 수는 없네."

"그럼 살아 있을 수도 있다는 말입니까?"

정진은 혹시나 하는 생각에 물어보았다.

하지만 들려온 대답은 무적이나 부정적인 이야기였다.

"호빗, 아니, 이제부터는 인간이라고 하지."

노커는 호빗이라는 말에 정진의 인상이 살짝 찡그려지는 모습에 얼른 말을 바꿨다.

정진이 자신들에게 도움이 될 정도의 고위 마법사임을 알게 된 이후로 정진에 대한 그의 평가는 무척이나 후해졌다.

노커는 본래 드워프다운 다혈질에 고집스러운 성격임에도 혹시나 정진의 심기를 거스르지 않기 위해 조심하고 있었다. 그를 아는 사람들이라면 누구나 놀랄 만한 태도였다.

"신체적으로 인간은 우리 드워프는 물론이고 엘프에도 미치지 못한다."

정진이 별 이견 없이 노커의 말에 고개를 끄덕였다.

도구를 가지지 않은 인간은 자연 상태에서 아주 연약한 생명체에 가깝다.

만약 맨몸으로 인간을 아프리카 초원이나 정글에 떨어뜨려 놓는다면 대부분의 경우 몇 개월도 살지 못하고 죽어버릴 것이다.

하물며 맹수보다 더 위험한 존재들인 몬스터들이 우글거리는 뉴 어스라면 두말할 것도 없다.

물론 정진도 전쟁에 패했다고 해서 바로 멸족을 했을 것이라고는 생각지 않았다.

하지만 결론적으로 뉴 어스의 인류는 몬스터에게 멸족을 당했을 가능성이 아주 컸다.

그들은 마법과 타이탄이란 강력한 대몬스터 병기를 가지고도 몬스터와의 전쟁에서 패배를 하였다.

그런데 그런 것도 모두 잃고 삶을 연명한다는 것은 맨몸으로 맹수들이 우글거리는 아프리카 초원을 활보하는 것보다 더 어려운 미션이다.

"으음……."

정진의 표정에는 조금 실망감이 어려 있었다.

"혹시 미국에 뉴 어스 인들이 있다는 이야기를 듣지는 못했습니까?"

정진은 노커의 이야기를 다 듣고는 고개를 돌려 옆에 앉아 있는 미하일에게 자신이 들은 정보에 관해 물었다.

그런 정진의 질문에 미하일은 잠시 머뭇거리다 대답을 했다.

"그런 이야기를 듣기는 했습니다. 하지만 저희가 파악하기로는 뉴 어스의 인간들이 아닌 엘프라고 합니다."

"엘프요?"

뜬금없이 갑자기 엘프가 등장을 하자 정진은 눈을 깜빡이며 멍해졌다.

지금까지 정진은 미국에 있는 이들이 엘프라고는 생각지 못했기 때문이다.

정진에게 정보를 준 것은 바로 세계 3대 정보 조직이라 불리는 블루 뱀브의 부사장이다. 그래서 더욱 엘프는 짐작도 하지 않고 있었는데.

"아마 엘프가 맞을 것이다. 엘프가 몬스터들과의 전쟁으로 많은 마법이 유실이 되었지만 숲에서는 우리보단 그들이 더욱 싸움을 잘하니 그들이라면 우리처럼 생존해 있을 가능성이 인간보다는 높을 것이다."

옆에서 미하일이 하는 이야기를 조용히 듣고 있던 노커가 덧붙였다.

정진이 고개를 끄덕였다.

엘프는 드워프에 비해 인간과 아주 흡사한 외모를 가지고 있으니, 뉴 어스의 이종족에 대한 지식이 없는 이들은 인간이라고 착각할 수도 있겠다는 생각이 들었다. 하물며 미국의 철저한 보안 속에 아주 멀리서 언뜻 본 것이라면 인간이라 생각하는 것도 무리는 아니었다.

몬스터와의 전쟁이 길어지면서 드워프들의 많은 기술들이 유실이 된 것처럼, 엘프도 그들 고유의 마법과 정령술을 많이 유실했을 거라고 노커는 말했다.

각 종족의 장로급이나 전사장급 존재들이 죽었기 때문이다.

그나마 드워프들의 장기는 무기를 만드는 대장 기술에 있다. 어려서부터 몸으로 터득을 하는 것이라 많은 기술이 유실되지는 않았지만, 엘프의 전투 기술이나 정령을 이용한 능력은 어느 정도 습득할 수 있는 나이가 필요하기에 더 많이 유실되었을 수도 있었다.

엘프는 드워프보다 훨씬 더 인간을 혐오하며, 몬스터의 위협 속에서도 끝까지 그들과 손을 잡지 않았다. 그러나 미국의 비호 아래 있다는 것은, 그들 역시 몬스터들 사이에서 힘겨운 싸움을 하다 종족 보전을 위해 인간과 손을 잡았다는 것이리라.

자세한 내막은 이곳에 있는 미하일이나 드워프인 안티 드라켄 노커라 해도 알 수 없었다. 하지만 미국의 보호를 받고 있다는 존재가 뉴 어스의 인간들이 아니라 엘프라는 데는 이견이 없었다.

"뉴 어스의 인간이 아닌 엘프들이라……."

정진은 두 인간과 드워프의 이야기를 듣고 작게 중얼거렸다.

우웅!

정진이 이렇게 생각에 빠져 있을 때 로난이 봉인되어 있는 목걸이가 진동을 하였다.

아마도 안티 드라켄 노커의 부정적인 말에 실망한 모양이었다.

"그렇군요. 감사합니다."

생각을 정리한 정진이 한 손으로 목걸이를 가볍게 쓰다듬으며 말했다.

미국이 보호하고 있는 이들이 비록 로난이 만나고자 하던 뉴 어스 인들은 아니지만 어찌 되었든 엘프도 뉴 어스의 유사 인류다. 안 만나는 것보다는 훨씬 낫다. 나중에 로난에게 다시 물어보겠지만, 정진은 그들이 뉴 어스 인이 아니라 엘프라 해도 한번 만나보고 싶었다.

"뉴 어스 인들을 찾고 계신 겁니까?"

미하일이 의아하다는 듯 물었다.

정진은 별 거리낌도 없이 사실대로 말해주었다.

"뉴 어스의 던전에는 신비한 것들이 많습니다."

정진은 미하일에게 죽음의 협곡에서 로난을 만났던 일에 대해 그곳의 마탑과 아케인 클랜과 관련된 내용을 제외하고 들려주었다.

이야기의 주인공인 로난이 지금 자신의 목에 걸고 있는 목걸이에 봉인되어 있다는 것 또한 언급하지 않았다.

견물생심이라고 로난에 대한 이야기를 듣고 욕심을 내 엉뚱한 판단을 할 수도 있다는 생각이 들었기 때문이다.

물론 이들이 욕심을 부려 오판을 하게 된다면 그만한 대가를 치르게 될 것이나, 우선 피할 수 있는 일은 피하는 것이 가장 합리적인 일이다. 쉽게 갈 수 있는 길이라면 쉽게 가는 것이 맞다.

"한국에서도 타이탄이 생산이 된다는데, 혹시 당신이 그것을 만든 것인가?"

안티 드라켄 노커는 어느 정도 설명이 끝났다고 생각했는지, 가장 궁금했던 내용부터 정진에게 물어보았다.

옆자리에 있는 미하일도 귀를 쫑긋 세우며 정진을 주시했다.

"그렇습니다. 워리어급의 타이탄이지요."

정진은 타이탄이 어떤 것이고 또 등급은 어떻게 되는 것인지도 시시콜콜 설명했다.

"아마 미국에서 개발했다는 타이탄이 엘프들의 손을 통해 만들어졌다면, 지금 양산되고 있는 것은 아마 솔저급일 겁니다."

정진은 미국이 워리어급 타이탄 월러드를 가져갔다는 것을 알고 있었다.

흰머리산 던전에서 발견한 타이탄 중 한 기를 미국이 가져갔으니, 엘프들을 통해 월러드를 카피했을 것이 분명하다.

하지만 엘프들이 마법을 할 수 있다고 해도, 타이탄을 완전하게 복원하기 위해서는 타이탄에 적용된 마법을 다시 재해석해야 할 필요가 있다.

미국의 엘프들은 아마 재해석하지 않고 이해할 수 있는 부분만을 카피해 타이탄을 제작했을 것이다.

온전한 형태의 타이탄이 있다고 하나, 타이탄과 관련된

마법적 지식이 없다면 쉽게 복원할 수 없다.

미국과 손을 잡은 엘프들은 몬스터와 전쟁 중 많은 마법을 소실해 타이탄을 제작할 정도의 마법적 능력을 가지고 있지 못했다. 때문에 줄어든 마법 능력을 커버하기 위해 노태 클랜이 흰머리산 던전에서 발굴한 모든 문서를 모두 수집해 갔다.

이런 상황은 모르지만 자신처럼 타이탄에 대한 자세한 정보를 가지고 있지 못하다면 그 한계를 넘지 못했을 것이다.

아무리 워리어급 타이탄 월러드를 카피했다고 해도 당장 워리어급을 만든다는 것은 말도 되지 않는 일이다.

"오, 그렇군!"

타이탄의 이야기가 나오기 시작하자 노커는 눈을 반짝이며 이야기에 적극적으로 참여를 하기 시작했다.

자신이 인간들과 손을 잡고 오랜 기간 이곳에 머무르는 이유가 바로 타이탄이기 때문이다.

동족들이 처한 위기를 극복하기 위해선 그 어떤 무기보다 타이탄이 필요하다고 노커는 생각했다. 인간들의 대규모 타이탄 부대를 끌고 와주거나, 드워프도 탑승을 할 수 있는 타이탄을 개발한다면 일족의 안전 문제를 해결할 수 있다고 본 것이다.

오래전 드워프가 안전을 위해 드래곤 산맥으로 들어가 자리를 잡은 것은 당시만 해도 탁월한 선택이었다.

하지만 드래곤 산맥의 몬스터도 점점 외부의 오염된 마나에 물들면서 미쳐가고 있어, 현재는 당시의 선택이 최악의 악수가 되고 말았다.

당시에는 드래곤 산맥에 엄청나게 많은 강력한 몬스터가 상위 포식자로 존재했다. 때문에 외부의 몬스터들이 감히 드래곤 산맥 안으로 들어올 엄두를 내지 못했다.

엄밀히 따져 보면 드래곤 산맥 밖의 몬스터는 드래곤 산맥에서의 먹이 경쟁에서 도태되어 도망친 객체들이었다. 그러니 산맥 안의 몬스터들을 이길 수 있을 리 없었다.

즉, 드래곤 산맥 안에 있는 몬스터가 같은 종이라 해도 외부의 몬스터보다 강력하다는 소리다.

하지만 시간이 흐르고, 흑마법사에 의해 오염된 마나에 노출이 된 몬스터가 점점 늘어났다. 결국 그런 몬스터들이 점점 드래곤 산맥으로 들어오기 시작했다.

같은 마나라도 흑마법사가 오염시킨 마나는 몬스터들의 이성을 마비시켜 공격적으로 만든다.

본래도 지성이 떨어지고 본능이 강한 몬스터들은 이런 오염된 마나 탓에 더욱 흉폭해졌고, 본능적인 두려움조차 잊어버리고 모든 것을 파괴하며 날뛰게 되었다.

이런 결과로 외부의 몬스터가 드래곤 산맥으로 몰려들면

서, 그곳에 정착한 드워프들이 다시 한번 위기에 빠지게 된 것이다.

물론 외부의 몬스터가 오염된 마나에 취해 두려움을 잊었다고 해서 드래곤 산맥의 몬스터보다 강력해졌다는 것은 아니다.

다만 기존의 강력한 몬스터들도 오랜 시간동안 드래곤 산맥 안으로 들어온 몬스터와 경쟁을 하면서 잡아먹고, 잡아먹히는 과정을 반복했고, 드래곤 산맥에 서식하고 있던 강력한 몬스터들이 외부의 몬스터를 잡아먹으면서 그것들의 몸에 축적된 오염된 마나를 함께 섭취하게 되었다는 것이 문제였다.

오염된 먹이를 먹은 포식 동물들의 수명이 짧아지거나 기형으로 태어나는 것처럼, 몬스터들도 마찬가지였다.

드래곤 산맥의 몬스터들은 시간이 흐르면서 더 많은 오염된 마나를 축적하게 되었다. 그 결과 점점 흉폭해져, 먹이 사냥을 하지 않아도 될 때에도 그저 광기를 해결하기 위해 또는 살육을 즐기기 위해 다른 몬스터나 짐승들을 죽이게 되었다. 그리고 그 안에는 드워프들도 있었다.

웬만한 몬스터 정도는 드워프들도 충분히 감당할 수 있지만, 드래곤 산맥에는 오거보다 강력한 몬스터가 즐비했다.

드래곤의 아류종인 드레이크는 물론이고, 10m가 넘는

신장을 가진 사이클롭스 등도 존재했다.

더 위험한 것은 이것들이 결코 혼자 다니지 않는다는 것이다.

상위 몬스터도 분류된 몬스터들조차 드래곤 산맥에서는 절대 강자라 할 수 없기 때문이다.

풍부한 마나로 인해 드래곤 산맥의 몬스터는 종을 뛰어넘는 객체도 상당수 존재했다. 때문에 오거도, 그보다 상위종인 사이클롭스도 여럿이 함께 먹이 사냥을 다니곤 했다.

드워프들로서는 아무리 용감한 전사들이 있다 하더라도 그렇게 무리 지어 다니는 몬스터들을 상대할 방법이 없었다.

드워프들의 강점은 신체적 능력보다는 대장 기술에 있다. 하지만 강점을 살려 몬스터들을 상대할 강력한 무기를 만들려고 해도, 시간이 흐르면서 많은 기술들이 소실된 지금은 너무 어려운 일이었다.

몬스터를 사냥하던 지구인들에게 도움을 청했지만, 지구인들의 협조로도 이 문제를 완전히 해결할 수는 없었다.

노커를 비롯한 몇몇 드워프들은 유럽인들과 손을 잡으면서 지구에서 만들어낸 여러 무기나 과학기술에 대해 알게되었다.

이런 것들을 자신들의 대장 기술과 결합시키면 꽤나 괜찮은 무기를 만들 수 있었다.

하지만 그 역시 한계가 존재했다.

그러던 중, 인간들의 손에 던전들이 개발이 되면서 타이탄의 흔적이 발견되었다.

노커는 그것에 희망을 걸고 있었다.

오래전 조상들이 최강의 타이탄, 골든 나이트를 만들었다는 이야기가 전해진다. 노커를 비롯한 드워프들은 자신들도 그것을 만들 수 있을 것이라 생각을 하였다.

그래서 그들은 지구인들이 발굴한 타이탄에 대한 자료나 부품들을 연구하기 시작했다.

비록 기술이 예전만 못하겠지만 열심히 한다면 타이탄을 만들 수 있다고 믿었다.

하지만 그런 자신감은 연구를 시작한 지 얼마 되지도 않아 무너지고, 어쩌면 타이탄의 복원은 망상에 가까운 일이 아닐까 생각까지 하게 되었다.

타이탄은 금속으로 이루어져 있지만 금속 제련술이 아무리 뛰어나도 그것만으로는 도저히 완성할 수가 없는 것이었다.

그렇다고 포기를 할 수는 없었다. 포기를 하는 순간, 고향에서 자신들을 기다릴 동족들에겐 희망이 사라지기 때문이다.

그래서 할 수 있는 한 그들은 연구를 계속했다.

그동안 자신들이 타이탄을 연구한 성과와 인간들의 과학을 접목해 타이탄과 비슷한 병기를 만들었다. 그것이 바로 아머드 기어였다.

비록 자신들이 알고 있는 타이탄의 성능과 비교하면 한없이 부족한 그런 실패작이었지만, 그것으로도 상당한 성과였다.

탑승형 대몬스터 병기 아머드 기어가 만들어지면서 인간들은 보다 많은 숫자의 몬스터를 사냥할 수 있었다.

어느 정도 성과가 있다고 판단한 노커와 드워프들은 열심히 보다 강력한 아머드 기어를 만들기 위해 연구를 하였다.

하지만 아머드 기어의 한계는 명확했다.

아무리 개량을 하고 새로운 기술을 접목을 시켜도, 아머드 기어로는 중(重)형 몬스터 이상을 일대일로 상대할 수 없었다.

하지만 마을 주변을 위협하고 있는 드래곤 산맥의 몬스터들은 모두 아주 강력하다. 중(重)형 몬스터와 일대일 대결이 가능할 정도의 성능이 아니면 드래곤 산맥의 몬스터를 상대할 수 없다.

그래서 더욱 드워프들은 새로 타이탄을 만들었다는 정진을 만나기 위해 백방으로 수를 쓰고 있었던 것이다.

"최강의 타이탄을 만드는 데 일조를 할 테니 우릴 좀 도와주시오."

노커는 정진을 보며 단도직입적으로 도움을 요청했다.

하지만 정진은 그 말에 선뜻 대답을 할 수가 없었다.

어찌 되었든 현재 드워프는 유럽연합의 보호를 받고 있는 존재들이었다.

그러다 보니 타국의 헌터 클랜장이라는 자신의 입장상 쉽게 대답할 수 없었다. 처음 유럽에 오기 전 생각했던 것과 조금 상황이 다르다는 것도 그랬다.

드워프들이 자유로운 것은 맞았다.

하지만 그렇다고 통제가 아예 없는 것은 아니었다.

알게 모르게 드워프들은 많은 사람들의 감시 속에 생활을 하고 있었던 것이다.

유럽연합을 지탱하는 무력의 상당 부분을 드워프들이 담당하고 있다.

정확히는 그들이 개발한 아머드 기어나 무기들이 말이다.

그런데 자신이 이들을 데려가려 한다면 유럽연합이 순순히 보내줄 리가 없었다. 그건 너무나 순진하고 긍정적인 생각이었다.

이런 문제는 언제든지 외교적인 문제로 비화될 수 있었다.

물론 정진이 마음만 먹으면 본인의 힘으로 일을 관철시킬 수도 있다.

하지만 그것이 그로 인해 일어날 모든 복잡한 문제를 무시할 정도로 필요한 일은 아니었다.

드워프의 능력이나 모든 것들이 흥미롭고 앞으로의 연구에 도움이 될 것은 사실이나, 굳이 문제를 일으키면서까지 데려올 정도는 아니기 때문이다.

물론 인도적인 차원에서 드워프를 도와줄 수도 있다.

하지만 드워프 측에서 원하는 도움은 정진 개인적인 도움이 아니다. 정진이 아무리 8클래스 마도사라고 하지만 드래곤 산맥에 고립된 드워프들이 모두 안전하게 살 수 있도록 해주는 것은 그 개인의 힘으로는 너무 힘든 일이었다.

그것은 단지 드래곤 산맥의 몬스터들을 모두 처리하는 것보다 훨씬 복잡하고 어려운 문제였다.

마법사는 신이 아니다.

물론 9클래스 마스터, 즉 정진의 스승이었던 제라드나 젝토르 정도의 능력을 가지고 있다면 어느 정도 시도해 볼 수는 있을 것이다.

하지만 정진은 냉정하게 생각해서 현재 자신이 가진 능력으로는 자살행위나 마찬가지라고 보았다.

현재 드워프들은 본래 사실에서 상당히 왜곡된 내용으로

역사를 기억하고 있었다.

타이탄이 대몬스터 전쟁에서 상당한 공을 세운 것은 사실이다.

하지만 그때 전쟁에서 승기를 잡을 수 있었던 것은 수없이 많은 몬스터들만큼이나 많은 타이탄, 그리고 타이탄 마스터들이 있었기 때문이다.

타이탄이 강력한 건 사실이나, 이제 막 워리어급 타이탄을 생산하기 시작한 단계에서 드래곤 산맥의 몬스터들 전부와 전쟁을 벌인다는 것은 너무 위험한 일이었다.

그렇다고 어느 정도 타이탄의 수가 많아질 때까지 마냥 기다릴 수도 없는 것은, 뉴 어스에 있는 드워프들의 상황이 너무나 위태롭기 때문이었다.

거기다 타이탄을 많이 생산한다 하더라도 그것을 탈 수 있는 타이탄 마스터가 아직 절대적으로 부족한 것이 현실이다.

타이탄의 성능은 단지 타이탄 자체의 기능만이 아니라 그 타이탄을 조종하는 마스터의 능력에도 크게 좌우된다.

같은 타이탄이라도 어떤 마스터가 탑승하냐에 따라 발휘할 수 있는 성능에 차이가 생기는 것이다.

정진은 먼저 이런 부분을 이야기해 봐야겠다고 판단하고 입을 열었다.

"현재로서는 제가 도움을 준다고 해도 드워프 종족이 처한 상황을 해결할 수 없을 겁니다."

"물론 당장 어떤 성과가 있을 것이라고는 생각지 않는다. 하지만 시도는 해봐야 하지 않겠나?"

하지만 노커는 정진의 말을 듣고도 포기를 하지 않고 계속해서 정진에게 도움을 청했다.

그런 노커의 모습에 정진은 고민을 하기 시작했다.

분명 방법은 있다. 하지만 시간이 상당히 많이 필요한 일이다.

당장에 어떤 도움을 준다고 해도 몬스터의 천국인 드래곤 산맥 안에 자리 잡고 있는 드워프를 당장 구원해 줄 수는 없었다.

우웅! 우웅!

정진이 이런 고민을 하고 있을 때, 목걸이가 울리기 시작했다.

로난이 이야기를 듣고 있다고 신호를 보내는 것이다.

[이야기 중에는 끼어들지 않기로 약속했잖아.]

노커와 얘기하던 정진은 당황해하면서도 시크릿 워드 마법을 써서 책망하듯 말했다.

하지만 로난은 그런 건 전혀 신경 쓰지 않는 듯 이야기했다.

[방법이 있다.]

[방법? 무슨 방법?]

[드워프들을 구하기 위해선 시간이 필요하다.]

[그래, 그건 알겠는데 무슨 방법이 있다는 거야? 드래곤 산맥이라면 헌터 협회에서 금지로 지정한 거인의 왕국보다 더 많은 숫자의 거대 몬스터가 존재하는 위험한 곳이다.]

정진은 드워프가 자리하고 있는 드래곤 산맥의 위험성을 이야기하였다.

[물론 그렇지. 하지만 너 혼자 드래곤 산맥에 들어가면 그리 위험하지도 않지 않나. 드래곤 산맥을 토벌할 준비가 끝날 때까지 드워프들이 안전하게 지낼 수 있도록만 해주면 되는 게 아닌가.]

로난은 정진이 필요한 시간을 버는 방법을 이야기하고 있었다.

당장 고립된 드워프들을 구하려고 대규모 전력을 꾸려 드래곤 산맥으로 진입을 한다는 것은 섶을 지고 불구덩이로 뛰어드는 것이 아니라 가스통을 등에 지고 불길로 뛰어드는 것보다 무모한 일이다.

그런데 로난은 그런 것이 아니라 드워프의 안전도 챙기고 정진이 필요한 시간도 벌자는 이야기였다.

[어떻게?]

[정진 너 혼자만이 움직여 고립된 드워프에게 식량을 가져다주고 필요한 조치를 취해 안전을 확보해 두면 될 게 아닌가.]

로난의 이야기를 듣다 보니 뭔가 떠오르는 것이 있었다.

드워프의 수장인 노커가 현재 드래곤 산맥의 드워프에게 가장 필요한 것이라고 이야기한 것은 바로 부족한 식량과 안전한 주거지였다.

식량이야 자신이 아공간을 이용해 가져다줄 수 있고, 안전한 주거지 또한 마법을 이용하면 충분히 가능하다.

드워프들 가운데는 마법사가 없다는 것을 생각해 약간만 마법진을 개량을 한다면 충분히 가능하다는 판단이 들었다.

쉘터의 타워형 방어 마법진을 자동으로 작동하게 만든다면 충분히 가능했다.

물론 그렇게 하게 된다면 마나의 소모가 기존의 것보다 많겠지만, 드워프가 있는 장소는 다른 곳도 아니고 뉴 어스에서 가장 많은 마나가 분포하고 있는 드래곤 산맥이다.

누가 뭐래도 오래전 드래곤들이 드래곤 산맥에 둥지를 틀었던 곳이다. 지금이야 드래곤이 사라지고 몬스터의 천국이 되었지만, 아직도 드래곤 산맥에는 다른 어떤 지역보다도 마나의 밀도가 높았다.

그러니 마나 소비를 걱정할 필요도 없었다.

"일단 시간을 벌어야 할 것 같으니 우선 제가 드래곤 산맥에 한번 가보겠습니다."

생각을 마친 정진이 노커를 보며 이야기를 하였다.

"현재 여건상 바로 드워프들을 구할 수는 없습니다. 하지만 시간을 벌 수는 있을 것 같습니다."

"그게 정말인가? 어떻게?"

"그게 가능한 일입니까?"

가장 먼저 방법이 있다는 말에 노커가 물어보았고, 그 뒤로 조용히 노커와 정진의 이야기를 듣고 있던 미하일이 눈을 동그랗게 뜨고 정진에게 다가왔다.

"미하일 씨는 하인켈 사의 아시아 지부장이시니 들어보셨을 것입니다."

정진은 아케인 클랜이 한국에서 쉘터 건설 사업을 하고 있다는 것을 언급하며, 자신이 드래곤 산맥으로 들어가 드워프들이 있는 그곳에 쉘터를 건설해 주겠다고 말했다.

"그렇다면 확실히 안전해지겠군. 하지만 그렇다고 해도 고립이 된 상태에서 식량 수급은……."

막 또 다른 어려움을 이야기하려는 찰나, 정진은 노커의 말을 막고 이야기를 하였다.

"제 마법 능력은 노커가 생각하는 것보다 강력합니다. 물론 드래곤 산맥에 있는 드워프들을 바로 구할 수는 없지만, 드래곤 산맥의 몬스터들을 처리할 준비가 될 때까지 배불리 먹을 수 있는 식량을 가져다줄 수는 있습니다."

말을 하던 정진은 가볍게 손짓하여 공간 마법을 펼쳤다.

아무것도 없던 허공이 찢어지듯 벌어져 검고 아득한 내부를 드러냈다.

갑자기 자신의 앞에 검은 구멍이 보이자 노커를 비롯한 미하일은 깜짝 놀라 그것을 들여다보았다.

특히나 마법에 관해선 아무것도 모르는 미하일은 이야기로만 듣던 게이트가 자신의 앞에 나타나는 것으로 착각해 자리에서 벌떡 일어나 뒤로 물러났다.

미하일이 그런 반응을 보이거나 말거나 정진은 자신의 앞에 앉아 있는 노커를 보며 이야기를 계속했다.

"아공간이란 것입니다. 제가 원한다면 식량을 100톤이고 200톤이고 안에 담을 수 있습니다."

더 이상 아무 말도 필요하지 않았다.

그 정도라면 현재 남아 있는 드워프들이 충분히 버틸 수 있을 것이다.

"정말로… 그렇게 해주겠다는 것이오?"

어느새 노커의 말투는 바뀌어 있었다.

그 말속에는 많은 것이 담겨 있었는데, 가장 두드러지는 것이 애절함이었다.

종족의 수장으로서 그들의 안위를 생각하는 그의 마음이 고스란히 담겨 있었다.

Chapter 9
드래곤 산맥으로

띠! 띠! 띠! 띠!

병실에 놓인 심전도 측정기로부터 신호음이 들리고 있다.

그리고 침대에는 30대 후반에서 40대 초반으로 보이는 남자가 침대에 누워 있었다.

사내는 이곳 연구소에서 A—58로 불리는 실험체였다.

그에 대한 연구소의 태도는 원래도 상당히 좋은 편이었다.

단지 그동안은 성공에 가장 가까운 실험체를 잃지 않기 위한 것이었다면, 지금은 그 차원을 넘어 그를 보다 인격적으로 대우하며 극진히 보살피고 있다는 데 차이가 있었다.

이전에는 실험을 위해 상태가 좋지 못함을 알면서도 예정된 실험을 감행하기도 했는데, 지금은 모든 실험을 일체 중단하고 그의 회복을 기다리고 있었다.

그는 고질적으로 앓고 있던 두통을 해결하기 위해 타이탄 아이번과 계약했다. 그리고 아이번의 말에 따라 봉인 마법을 해제하기 위해 마력의 통제를 맡겼다.

일은 쉽게 풀리지 않았다. 예상치도 못한 마력의 반발로 폭주하게 된 그는 마력이 고갈될 때까지 움직이다, 축적된 마력이 모두 소비되고 나서야 멈췄다.

동작을 멈춘 아이번은 그대로 정신을 잃은 채 내부에 탑승하고 있던 그를 배출시켰다.

일본의 초인 연구소는 타이탄의 난동에 완전히 뒤집어졌다.

소장인 이시히 지로는 그동안 무슨 짓을 해도 움직이지 않던 타이탄이 움직인다는 것에 한편으로는 기뻐하기도 했다.

그러다 타이탄이 난동을 멈추고 그 안에서 A—58이 튀어 나오자 모두가 깜짝 놀랐다.

자이언트 오거에 붙잡힌 그를 야마토 부대가 구출해 내고 나서, 자이언트 오거의 처리에 정신이 팔려 구출된 그가 어디로 어떻게 피신했는가는 미처 신경 쓰지 못하고 있었다.

어떻게 위기에서 빠져나온 A—58이 타이탄에 탑승을 하였고, 또 어떻게 그것을 움직이게 했는지 알아낼 방법은 딱 한 가지뿐이었다.

바로 A—58이 깨어나길 기다렸다가 그의 이야기를 듣는 것이다.

그렇기에 이시히 지로 소장과 A—58을 담당하던 연구원인 오보카타 루코는 어서 빨리 A—58이 깨어나기만을 기다리고 있었다.

그가 깨어나길 기다리던 오보카타 루코는 잠시 그의 병실에서 30분 정도 그를 지켜보다가 병실을 나갔다.

그녀가 나간 지 얼마 지나지 않아, 병실 안은 조금 소란스러워졌다.

"으윽!"

마침내 깨어나려는 것인지, A—58이 괴로워하며 신음을 흘리고 있었다.

"으악!"

그러고는 악몽이라도 꾼 것인지 비명을 지르며 몸을 벌떡 일으켰다. 일어난 그는 식은땀으로 범벅이 되어 있었다.

"헉! 헉!"

병상에서 몸을 일으킨 A—58은 주변을 둘러보았다.

"이곳은 어디지?"

작게 중얼거리는 그의 입에서 지금까지와는 다른 언어가 아주 자연스럽게 튀어나왔다.

일본어가 아닌 한국어였다.

"으, 머리야!"

자신이 있는 곳이 어딘지 파악하기 위해 뻑뻑한 시야로 둘러보던 그는 갑자기 밀려드는 두통에 신음을 흘리며 이마를 짚었다.

고통에 신음하면서도 정신을 차리고 주변을 살피자, 곧 자신이 몸에 아무것도 걸치지 않은 알몸이란 것을 깨달았다.

그는 비틀거리면서 일어나 옆에 있던 로커를 당겨 열어 보았다. 그 안에는 병원복과 같은 단순한 형태의 가운이 들어 있었다.

가운을 걸친 그는 벽에 기대어 서서 병실 밖을 주시했다. 어지러워서 똑바로 서 있기 힘들었지만 낯선 상황에 경계심이 들었다.

"도대체 여긴 어디지?"

잠시 후, 그는 이곳은 한국이 아니라 일본의 병원인 것 같다고 결론을 내렸다.

주변에 있는 물건은 온통 일부 영어로 써 있는 기기들을 제외하면 모두 일본어로 되어 있었다. 그는 더욱 모르겠다는 표정을 지었다.

"내가 왜… 일본 병원에 있는 것이지?"

생각하던 그는 찌르는 듯한 머리의 통증에 신음했다.

덜컹!

갑자기 병실 문이 열렸다. 멀뚱히 서서 자신이 왜 일본의 병원에 있는 것인지 생각하고 있던 그는 본능적으로 소리가 들린 출입구로 시선을 돌렸다.

그곳에는 150㎝의 작은 키에 하얀 가운을 입은 오보가타 루코가 있었다.

하지만 그는 루코를 알아보지 못하고 멀뚱히 그녀를 쳐다보았다.

한편 갑자기 긴급 호출 신호가 울리자 병실로 뛰어온 루코는 A—58이 멀쩡한 모습으로 서 있는 것을 보며 놀라서 있었다.

그 긴급 신호는 그의 심장이 멈췄을 때, 그 사실을 알리는 신호이기 때문이다.

그런데 멀쩡히 서 있는 모습에 한편으론 안도의 한숨이 나왔다.

"태랑, 깨어났어요?"

하지만 루코가 물었음에도 그는 당황한 표정으로 그녀를 마주 보았을 뿐이었다.

당연히 그녀는 일본어로 질문했고, 얼른 알아들을 수 없었다. 하지만 마치 자신을 잘 아는 사람처럼 말을 걸어오고 있었다.

"넌 누구지? 누군데 날……."

사내는 혼란스러운 얼굴로 루코를 바라보다 이내 고개를 저었다.

"내가 왜 일본에 있는 거지? 아버지, 아버지를 불러 줘."

시간이 흘러 조금씩 정신이 또렷해지자, 그는 곧바로 자신을 아는 것 같은 여자에게 아버지를 불러달라고 말했다.

왜 일본의 병원에 있는지는 모르나, 정신을 잃고 있는 사이에 아버지가 이곳으로 보냈을 거라고 판단한 것이다.

하지만 이곳은 병원이 아닐뿐더러, 그가 마음대로 무언가를 할 수 있는 곳 또한 아니었다.

"태랑, 무엇 때문에 그러는 것인지는 모르겠지만 일단 진정을 하고 천천히 이야기해요."

루코는 A—58에게서 뭔가 평소와 다른 느낌을 받았다.

예전과 다르게 그는 상당히 이성적이었다. 더 큰 차이점은 바로 '아버지'를 언급하는 데 있었다. 기억이 돌아온 것이다.

하지만 이대로 그에게 끌려갈 수는 없었다.

그가 예전과 다르다면 그에 맞게 상대를 해주면 된다.

물론 예전처럼 자신이 그를 좌지우지할 수는 없겠지만 그
또한 이곳에서 함부로 행동할 수 없다는 것을 알게 될 것이
다.

"태랑, 지금 막 깨어나 아직 제대로 상황을 판단하지 못
하는 것 같으니 일단 쉬세요. 그리고 이곳은 당신이 생각하
는 그런 곳이 아니에요. 그리고 누굴 부른다고 해서 마음대
로 출입이 가능한 곳 또한 아니란 것을 명심하세요."

루코는 미소를 잃지 않고 그를 달래듯 말을 하였다.

"너는 왜 아까부터 날 그렇게 부르는 거지? 난 한국의
노태 그룹의 회장인 노태규의 아들 노인태다."

A—58이 인상을 구기며 말했다.

그런 노인태의 말을 들은 루코는 눈을 반짝였다.

노태 그룹이라면 일본에 본사가 있는 거대 그룹이었다.

물론 한국에서 별도의 법인으로 등록을 해두고 있지만 일
본인들은 누구나 알고 있다.

노태 그룹의 몸통은 바로 일본에 있다는 것을 말이다.

한편 노인태는 자신의 정체를 밝혔음에도 눈앞에 있는 여
지가 눈 하나 깜박이지 않자 더욱 혼란스러워졌다. 그녀는

오히려 그를 몰아세우는 듯한 표정을 짓고 있었다.

지금 자신이 있는 곳이 어떤 곳인지 이제는 판단할 수가 없었다.

그리고 당황하고 있는 노인태를 가만히 지켜보는 루코의 눈에는 먹이를 노리는 독사와 같은 기운이 흐르고 있었다.

† † †

유럽 독일의 슈투트가르트에 드워프를 만나러 갔던 정진은 계획보다 이른 시간에 한국으로 돌아왔다.

하지만 정진은 한국에 돌아온 뒤로 보다 더 바쁘게 움직여야만 했다.

드워프의 수장인 안티 드라켄 노커로부터 받은 의뢰 때문이었다.

당장은 드래곤 산맥에 고립되어 있는 드워프들을 구해낼 방도가 없었다.

정진은 고립된 드워프를 구할 여건이 갖춰질 때까지 안전하게 지낼 수 있게 하는 방법을 제시했다.

그리고 노커는 그 제안을 받아들였다. 바로 정진이 혼자서 드래곤 산맥으로 진입해 드워프들이 먹을 식량과 안전하게 지낼 수 있는 쉘터를 만들겠다는 것이었다.

비록 인간들에게 도움을 구하기 위해 오래전 드래곤 산맥을 떠나왔지만 이곳에서 인간들과 생활을 하면서 노커를 비롯한 드워프들은 상당한 재물을 쌓아놓고 있었다.

정진이 헌터 클랜의 수장임을 알고 있는 노커는 그 재산을 이용해 드래곤 산맥에서 고생할 동족들을 구하고자 했다.

정진은 그런 노커와 드워프들의 의뢰를 받아들였다.

사실상 돈은 큰 상관이 없지만, 어차피 로난을 봐서라도 그들을 도우려 했기 때문이다.

정진은 다음을 기약하며 한국으로 돌아왔다.

생각보다 클랜을 비워야 할 기간이 늘어날 것 같으니 우선 처리할 것을 해결해야만 했다.

정진이 생각보다 일찍 독일에서 돌아온 것이 일을 빨리 해결해서가 아니라 새로운 의뢰를 받았기 때문임을 알게 되면서 아케인 클랜의 간부들은 바빠지기 시작했다.

정진은 간부들에게 뉴 어스에 드워프를 비롯한 이종족들이 생존해 있다는 사실을 얘기해 주었다.

아케인 클랜원들은 뉴 어스에 살아 있는 종족들이 있다는 것을 확인받고 나서 아주 흥미로워했다.

영화나 소설에서 보던 것들이 실제 존재한다는 것이 너무 신기했기 때문이다.

일부 미혼 간부나 헌터들은 엘프라는 이야기에 관심을 보이기도 했다.

혹시나 소설에 나오는 미의 상징인 엘프와 로맨틱한 일이 벌어지지 않을까 하는 환상 때문이었다.

간부들의 생각에 정진은 헛웃음만 지었다.

클랜의 간부이자 요즘 한창 자신의 타이탄을 타고 몬스터 헌팅에 열중하던 정한은 유럽에서 드워프를 만나고 돌아온 그의 이야기에 가장 놀란 사람 중 하나였다.

그리고 미국이 보호하고 있는 이들이 뉴 어스의 인간이 아닌 또 다른 이종족인 엘프였다는 사실에 관심을 보였는데, 엘프의 이야기를 들은 뒤로 거울 앞에 서서 요상한 포즈를 취하는 일이 자주 목격이 되었던 것이다.

한편 정진은 오성과 성대, 그리고 신세기 그룹의 오너들을 만나 불가피하게 한동안 엑시온의 공급이 중단된다는 것을 통보하였다.

이는 어쩔 수 없는 선택이었다. 유럽에 가기 전에는 기간을 정해 놓고 갔던 것이기에 이들에게 납품할 엑시온을 미리 만들어낼 수 있었지만, 이번에는 그것이 불가능하다.

정진이라고 해서 없는 것을 만들어낼 수는 없었다.

재료가 아직 확보가 되지 않았는데, 어떻게 엑시온을 제작을 할 수 있겠는가.

물론 세 그룹들은 이런 정진의 말에 그리 달갑지 않은 표정을 지었다. 하지만 재료가 없어 만들 수가 없고, 또 재료가 들어올 쯤에는 이곳이 아닌 뉴 어스의 어딘가에 가야 한다는 말에 어쩔 도리가 없었다.

다만 돌아와서 납품을 하지 못한 분량까지 한꺼번에 납품을 하기로 합의를 보았다.

세 그룹들은 현재 최고의 주가를 올리고 있었다.

타이탄을 생산한다는 것 하나로 각 그룹의 주가는 연일 상종가를 치고 있었던 것이다.

그런데 갑자기 타이탄 생산에 차질이 있다는 소식이 전해진다면 분명 주가에 영향을 미칠 것이 불을 보듯 뻔했다.

하지만 안 되는 것은 안 되는 것이라 오너들도 포기하고 정진의 말을 수락할 수밖에 없었다.

막말로 정진이 앞으로 거래를 못 하겠다고 해도 이들은 할 말이 없었다.

물론 상도덕에서 벗어난 일이지만, 오래전 이들도 하청업체에 그런 갑질을 한 적이 없다고 말하긴 어려웠다. 누가 갑인지 잘 알고 있는 오너들은 정진의 말을 수용했다.

그 뒤로는 일의 진행이 빨라졌다.

정부나 헌터 협회는 정진이 외국에 나가는 일이 아닌 뉴어스에 가는 일이라면 별로 상관을 하지 않았다.

정부나 헌터 협회는 정진이 국적을 바꾸고 소속을 바꾸는 것을 걱정하는 것이지, 뉴 어스의 위험 지역에 들어가는 것에 걱정을 하는 것이 아니었다.

오히려 정진에 대한 믿음이 강했기에 어떤 것도 정진을 위협하지 못할 것이라 생각했다. 정진이 장기간 뉴 어스에 체류를 할 것이란 통보를 했을 때, 그들은 정진이 뉴 어스에 뭔가를 얻을 것이 있기에 장기 체류를 하려고 한다고 생각했다.

그리고 정진이 뉴 어스에서 뭔가를 확보한다는 것은 바로 협회와 정부에 도움이 되는 일이었다.

그러니 그들로서는 도리어 대환영을 할 일이었다.

이렇게 드래곤 산맥으로 갈 준비는 유럽행을 선택했을 때에 비해 아주 무난하게 진행이 되어 금방 끝낼 수 있었다.

정진이 준비해야 할 것 또한 드워프들이 먹을 식량과 안전한 주거지를 만들 재료만 준비하면 되는 일이기에 그 기간조차 얼마 걸리지 않았다.

금세 준비를 끝낸 정진은 다시 독일행 비행기에 올랐다.

드래곤 산맥까지 안내를 할 드워프를 만나기 위해서였다.

그것만 아니라면 굳이 이곳 독일까지 올 필요도 없었다.

하지만 독일에 도착했다고 해서 바로 드래곤 산맥으로 갈 수는 없었다.

왜냐하면 안내를 할 드워프의 안전을 위해 필요한 장비들을 만들어야 했기 때문이다.

물론 안내를 맡은 드워프는 드래곤 산맥을 나올 때 입고 나온 자신의 장비를 착용하면 된다고 주장을 하였지만, 정진이 보기에 그 장비들도 무척이나 좋은 것이기는 하지만 드래곤 산맥의 몬스터들로부터 완벽하게 안전하다고 하기는 힘들었다.

그저 일반적으로 잘 만들어진 갑옷과 도끼 그 이상도 이하도 아니었던 것이다.

만약 아케인 클랜의 헌터나 한국의 헌터들이 보았다면 굳이 선택하지 않을 장비들이었다.

몬스터를 사냥하고 그들로부터 목숨을 지켜야 하는 헌터들에게 있어 장비는 아주 중요하다. 매직 웨폰이 완전히 상용화된 지금, 마법이 들어가지 않은 일반적인 무기는 아무리 좋다고 해도 따라올 수 없었다.

더욱이 자신이 가야 할 곳이 자타공인 몬스터의 천국이라 불리는, 중(重)형 이상의 몬스터가 즐비한 드래곤 산맥이라면 무엇을 선택할지는 불을 보듯 뻔한 일이었다. 4대 금지 중 한 곳인 거인의 왕국보다 더 위험하다고 평가받는 드래곤 산맥이다.

자신 혼자라면 아무 문제가 없지만 다른 누군가를 보호하면서 드래곤 산맥으로 들어가야 한다면 만약의 경우를 생각할 수밖에 없었다.

처음 자신의 장비를 정진이 손본다는 것에 크게 반발을 하던 드워프는 정진이 갑옷과 무기에 마법진을 그려 매직 웨폰과 매직 아머로 탈바꿈시키자 충격과 함께 크게 기뻐했다.

한편 정진을 따라갈 드워프의 장비를 확인한 노커를 비롯한 남은 드워프들은 하나같이 그 드워프의 장비를 부러운 눈으로 쳐다보았다.

마법이 담긴 무기나 방어구는 수장인 노커도 처음 보았다.

오래전에는 드워프제 무기나 방어구들의 대부분이 인간 마법사에 의해 아티팩트화 되곤 했다.

하지만 오랜 몬스터와의 전쟁으로 그런 것들은 모두 파괴되거나 피난을 하는 과정에서 잃어버려 이제는 볼 수 없었던 것이다.

"이만 가보겠습니다."

독일 베를린 게이트 앞에 모인 드워프들, 하인켈 사의 사장 하인리히와 미하일, 그리고 유럽연합에서 파견된 공무원은 드래곤 산맥으로 가는 정진과 그를 안내할 드워프를 배웅하기 위해 나와 있었다. 몇몇 아케인 클랜원들도 마지막까지 따라와 주었다.

"잘 부탁하네!"

"알겠습니다. 제가 돌아오면 노커도 저와 한 약속을 지키시기 바랍니다."

정진이 노커의 말에 담담히 자신과 약속을 지킬 것을 당부했다.

그런 두 사람과 드워프의 모습에 유럽연합에서 파견된 공무원이 살짝 인상을 찡그리긴 했지만, 둘의 계약에 대해 자신이 나서서 왈가왈부할 수도 없었기에 조용히 그것을 지켜볼 뿐이었다.

"형, 우리도 따라가면 안 돼?"

게이트로 출발하려는 정진에게 정한이 물었다.

하지만 돌아온 것은 단호한 거부의 말뿐이었다.

"안 돼."

"왜? 우리 팀은 4대 금지에서 충분히 실전을 치렀잖아. 타이탄으로 움직이면 되지 않을까?"

정한은 자신의 뒤에 조용히 따라오는 이들을 가리키며 가슴을 탕탕 쳤다.

그런 정한과 클랜의 헌터들을 본 정진은 다시 한번 고개를 저었다.

"내가 지금 가려는 곳은 4대 금지보다 더 위험한 데야. 네가 정진 형님 정도의 실력이 된다고 해도 안전을 장담할 수가 없어."

정진의 설명을 들은 정한은 눈을 동그랗게 뜨며 놀라워했다.

그가 알기로 자신의 형을 빼고 이 세상에서 가장 강한 사람이 바로 부클랜장인 이정진이었다.

이정진은 이미 마스터 직전에 있는 명실상부한 최강의 헌터였다.

조만간 깨달음만 얻는다면 충분히 마스터가 될 것이라 믿어 의심치 않았다.

그런데 이정진 정도의 실력으로도 안전을 장담할 수가 없다니.

"내가 돌아올 때까지 열심히 연습이나 해둬. 언젠가는 그곳까지 진출을 해야 할 테니까."

정진은 뭔가 아쉬워하는 정한을 보며 그렇게 위로를 하고
게이트로 향했다.

"알았어. 그럼 다녀와!"

정한은 게이트로 들어가는 형을 향해 그렇게 큰 소리로
외쳤다.

그를 뒤로하고 정진은 빠른 걸음으로 게이트 너머 뉴 어
스로 들어갔다.